그럴 리는
없겠지만,
그럴 수도
있겠지만

삶이 우리에게 가르쳐준 것들에 대하여
그럴 리는 없겠지만, 그럴 수도 있겠지만
© 류진희, 2018

펴낸날   1판 1쇄 2018년 4월 25일

지은이   류진희
펴낸이   윤미경

펴낸곳   헤이북스
출판등록   제2014-000031호
주소   경기도 성남시 분당구 황새울로 234, 607호(수내동, 분당트라팰리스)
전화   031-603-6166
팩스   031-624-4284
이메일   heybooksblog@naver.com

만든이   김영회
꾸민이   류지혜
찍은곳   한영문화사

ISBN 979-11-88366-06-4 03810

그럴 리는 없겠지만, 그럴 수도 있겠지만

삶이 우리에게
가르쳐준 것들에
대하여

류진희 지음

헤이북스

우리,
함께 이야기 나눌래요?

'남들 사는 이야기'가 '나'의 숨통을 트여줄 때가 있습니다. 때로는 부러움과 질투로 다가와 우리를 뒤흔들어 놓기도 하지만 때로는 팍팍한 일상에 갇혀 있는 우리에게 세상 구경을 시켜주는 작은 창문이 되어주기도 하지요. 또 나와 별다르지 않은 남들 사는 이야기는 '그래, 사는 게 다 그렇지.' 하는 안심과 위로를 주고, 나보다 더 많이 부딪히고 더 깊은 바닥으로 떨어져본 남들 사는 이야기는 눈앞이 캄캄해진 순간 희망과 용기를 손끝에 닿게 합니다. 이런 남들 사는 이야기가 내가 사는 이야기와 만나 우리의 이야기로 오고가는 곳, 바로 라디오입니다.

20년째 숨을 쉬 듯, 밥을 먹 듯 매일 방송 원고를 씁니다. 요즘도 어느 날은 몇 시간째 단 한 줄도 써지지 않아 커서만 깜빡이는 노트북 화면 앞에서 펑펑 울기도 하고, 안식년 같은 긴 여행을 꿈꾸기도 하고, 스트레스성 만성두통에 시달리며 이제와 더 안정적인 직장을 곁눈질하기도 하지만 그럼에도 여전히 이 일상을 사랑하고, 계속 살고 싶은 이유 역시 '우리의 이야기'가 너무나 즐겁기 때문입니다.

이 책에는 수많은 실패와 좌절을 극복하며 얻은 대단한 처세술이나 치열한 경쟁에서 승자가 되는 법, 적은 돈을 크게 불리는 노하우 같은 것은 없습니다. 세계 곳곳을 누비며 얻은 혜안도 담겨 있지 않습니다. 그저 마이너리그의 라디오 작가로 매일 방송을 준비하고 청취자들과 소통하는 동안 같이 키득거리며, 끄덕거리며, 무릎을 치며, 울컥거리면서 배운 삶의 지혜들로 채워져 있을 뿐입니다. 모두 우리가 나눈 이야기를 통해 배운 것들입니다.

이 글을 쓰고 있는 지금까지도 '말이나 제대로 잘 쓸 것이지, 왜 안 하던 짓을 하고 있니?' 하는 나무들의 호통이 들리는 것 같아 귓불이 화끈거립니다. 그럼에도 한 가지 욕심을 부리자면, 이 책을 읽는 동안 '나도 이만하면 잘 살고 있다'고 다독였다가 '나도 조금만 더 치열하게 살아보자'고 주먹을 질끈 쥐기도 했다가 현재의 나를, 내 곁의 사람들을, 더 나아가 건너 건너의 사람들도 조금 더 사랑하게 되길 바랍니다. 화려함이 부족한 첫 인사를 주옥같은 명언이나 명구절로 포장해볼까 했으나 계속 머릿속을 맴도는 것은 니체의 단순한 조언입니다.

'기뻐하라, 이 인생을 기뻐하라. 즐겁게 살아가라.'

바라고 꿈꾸고 노력해도 오늘 당장 열 배쯤 더 행복해질 리는 없겠지만, 어쩌면 내일이 오늘보다 더 힘들 수도 있겠지만 우리 결국엔 함께 기뻐하기를.

2018년 '봄이 온다'
류진희

차 례

문법

오·탈자가 없는 삶은 없다

인내심
시험

어린 시절, 부모님께 들었던 가장 속상하고 억울한 말은 '네가 참아야지'였던 것 같습니다.
"네가 큰언닌데 참아야지, 동생이랑 싸우면 되겠니?"
"쟤가 먼저 나한테 덤볐단 말이야. 엄마는 맨날 나만 참으래!"
억울하고 손해 보는 것만 같아서 너무나 어려웠던 '내가 참기'.

'공 좀 친다' 하는 프로야구 타자들에게도 정말 어려운 일 중 하나가 바로 참는 일이라고 합니다. '한 방 쳐야 한다'는 욕심에 선불리 방망이가 돌아가지 않도록 원하는 공이 들어올 때까지 공을 끝까지 보면서 참는 것.

인지위상忍之爲上, 공자도 참는 것이 으뜸이라 했고 성경에도 사랑은 오래 참는 것이라고 쓰여 있지만 인내심에는 한계가 있기 마련입니다. 그 한계가 지금 당장일지 한 시간일지, 하루일지 60년일지는 아무도 모르는 것이고, 그래서 60년 잘 참고 같이 살던 부부가 '황혼 이혼'도 하는 걸

테고요.

오늘은 또 어떤 사람들이 당신의 인내심을 시험하고 있을까요? 월급도 깎았으면서 회식비까지 안 내는 사장님인가요? 어제 회식하고 오늘 또 회식이라는 남편인가요? 당장 쓸 돈도 없는데 땅을 사라는 스팸 전화인가요?

어린 시절, 엄마 뒤에 숨어서 퉁퉁 부은 볼따구니에 엄지손가락까지 붙이고 메롱 거리는 동생에게 60%의 억울함과 40%의 자존심을 담아 꽥 소리를 지르곤 했습니다.
"야! 내가 진짜, 이번 한 번만 엄마 봐서 참는다!"

오늘 당신은 누굴 봐서 눈물 나게 속상하지만, 분하고 억울하지만 참고 계신가요?

이정표
찾기

'길치'라는 주제로 청취자들과 이야기를 나눈 날, 문자 게시판에 올라온 사연들이 속된 말로 참 웃폈습니다.

"우리 아버지는 동서울에서 강릉을 오가는 고속버스 기사셨는데요. 승용차로는 강릉을 못 찾아가셨어요."

"저는 포천에 살고 있는데요. 포천에서 서울 부모님 댁에 가려면 매번 길을 헤매느라 3시간 넘게 걸립니다. 답답하셨는지 손주 보고 싶을 때마다 부모님이 포천으로 오세요."

"거래처에 간 부장님이 위치를 못 찾겠다고 전화를 하셨더라고요. 전에도 몇 번 저랑 같이 다녀온 곳인데도 부장님 하시는 말씀이 '와, 미치겠다. 전에 왔을 때는 거래처 가는 골목에 분명히 리어카가 서 있었거든? 근데 오늘은 그게 안 보여. 그게 보여야 들어가는 입구를 찾는데……'라네요."

'차라리 외길이었으면' 하고 바랄 때가 있습니다. 외길이라면 고민할 필요 없이, 선택할 필요 없이, 헤맬 필요 없이 주어진 길에 인생을 맡기면 될 텐데…….

우리 인생은 외길도 막다른 골목도 아니지요. 오늘도 우리의 발길을 기다리는 수없이 많은 길들. 때로는 막혀 있어 돌아가기도 해야 하고, 방황도 해야 하고, 헤매기도 해야 할 겁니다. 하지만 신발이 닳도록 성실하게 걷다 보면 뜨겁게 사랑하며 걸을 수 있는 길도 나타나지 않을까요? 그 꿈, 그 사람에게로 가는 이정표를 찾을 수 있지 않을까요?

태풍을
이겨내는 법

　　　　한강이 강이 아니라 파도치는 바다 같
았습니다. 플라타너스도, 은행나무도, 벚나무도 수양버들
이 되어서 이리 휘어지고 저리 휘어지며 위태롭게 흔들거
렸습니다. 그 모습이 왜 나에겐 위로가 되었을까요?

'바람에 흔들리는 건 나 하나만이 아니구나. 저렇게 다들
흔들리면서 버티고들 있구나. 그러니 돈 좀 잃고, 사람 좀
떠나가고, 머리숱이 좀 줄어드는 것 정도는 태풍을 이겨내
느라 나무가 떨군 잔가지들이라 생각하자.'

에로 말고
애로

가을바람이 불기 시작하면 갈 데도 없는데 자꾸 가라는 사람들이 많아지는 게 아직도 제일 큰 애로 사항입니다. 몸이 좀 아프다 하면 시집가면 낫는다 하고, 가만히 생각 좀 하고 있으면 시집 못가서 고민이냐고 하고, 조금만 화를 내도 시집 못가서 히스테리 부린다 하고, 뭔 말을 못하겠으니 말입니다.

이제는 알아야 되는 나이인 것 같지만 아직도 궁금하네요. 정신과 의사이자 베스트셀러 작가인 고든 리빙스턴의 책 제목처럼, 우리는 '머뭇거리다가 놓쳐버리는 것들'이 더 많을 까요? 아니면 '서두르다가 잃어버리는 것들'이 더 많을까요?

상처의
선택

       화려하게 차려입은 중년 여성이 고개를 숙이고 맞은편에 있는 젊은 여성에게 고함을 지릅니다.
'겨우 니 주제에 내 아들을 넘봐?'

흥분으로 얼굴이 시뻘게진 사장이 불특정 다수의 직원들을 향해 소리를 지릅니다.
'실적도 못 올린 주제에 무슨 월급 인상 타령이야!'

'기간제 교사 주제에 우리 애한테 야단을 쳐?'
'종업원 주제에 감히 고객한테 말대꾸를 해?'

막장 드라마에서 흔히 볼 수 있는 장면들이지만 실생활에서도 벌어지는 일들이지요. 그리고 이 상황에서 자주 인용되는 말은 소크라테스의 '너 자신을 알라.'
허나 그 말의 본래 의미는 '나보다 한참 못한 네 처지를 알라'거나 '초라하고 무능력한 네 꼴을 제대로 봐라'거나 '분수를 알고 거기에 맞춰 살라'는 것이 아님을 우리는 알고 있습니다. '진리를 알 수 있는 너의 놀라운 능력을 깨달아라'라는 각성과 고취를 위한 목소리지요. 그러니 소크라테스의 명언을 '네까짓 게'나 '네 주제에'라는 비꼼과 상처의 용도로 쓰는 사람들이야 말로 역사상 가장 유명한 명언의 주제도 모르는 사람들인 것입니다.

존 그린의 베스트셀러 소설《잘못은 우리 별에 있어》. 말기 암 환자인 16살 소녀 '헤이즐'과 골육종을 앓고 있는 17살 소년 '어거스터스'의 사랑 이야기로 '안녕, 헤이즐'이라는 제목의 영화로도 만들어졌습니다. 영화에는 이런 대사가 나옵니다.

"이 세상을 살면서 상처를 받을지 안 받을지 선택할 수는 없지만, 누구로부터 상처를 받을지는 고를 수 있어요. 난 내 선택이 좋아요."

잘못은 그들에게 있으니, 우리는 그들에겐 상처받지 않기로 해요.

보통의
어려움

평소엔 짜장면도 짬뽕도 곱빼기로 먹는 동갑내기 남자 DJ 앞에 그날은 나와 똑같은 양의 짜장면이 놓여 있었습니다.

"어? 오늘 점심엔 곱빼기가 아니네?"

"어, 나도 보통 시켰어. 건강검진을 받았는데 콜레스테롤 수치가 높게 나왔더라고."

"그럼 짜장면 말고 다른 걸 시키지."

"다른 수치는 괜찮은데 뭘. 보통이다, 보통!"

보통, 보통 수준 …… 갈수록 '보통'이란 말에 위안을 받게 됩니다. 미세 먼지 농도도 그렇고, 길 막히는 것도 그렇고, 돈벌이도 그렇고, 특히 건강검진표에 적혀 있는 보통 수치란 정말 보통 아닌 기쁨이지요. 콜레스테롤 수치 보통, 간 수치 보통, 혈압 보통, 안압 보통 …… 와우!

백지영의 8집 앨범에는 〈보통〉이란 노래가 있습니다.

♪보통 남자를 만나 보통 사랑을 하고 보통 같은 집에서

보통 같은 아이와 보통만큼만 아프고 보통만큼만 기쁘고 행복할 때도 불행할 때도 보통처럼만 나 살고 싶었는데 / 어쩌다가 하필 특별히 나쁜, 나쁜 너를 만나서 남들처럼 보통만큼도 사랑받지도 못하고 곁에 있을 때도 혼자 같아서 눈물 마르는 날 없게 하더니 떠난 뒤에도 왜 이렇게 괴롭혀 보통만도 못한 사람 / …… 특별한 만큼 특별한 값 하는 너 같은 사람 원한 적 없었는데……'

사전적인 의미로 '평범하고 흔한 상태'를 뜻하는 보통. 하지만 현대사회에서의 보통은 평범함과 흔함을 넘어선 지 오래인 것 같습니다. 어쩌면 가장 이루기 어려운 목표가 돼버렸는지도. 건강도, 생활도, 사람과의 관계도 보통만 가기가 보통 어려운 게 아니니까요.

그런데도 단골 순댓국집에 가면 '이모, 특대 같은 보통이요.'를 외치곤 하니 욕심이야말로 보통이 아니지요? 어쩌면 보통의 어려움은 여기서 비롯되는 건 아닐까요? 특대 같은 보통을 기대하는 보통이 넘는 기준 말입니다.

언감생심

　　　"아, 머릿속을 너무 짜내기만 했어. 재충전의 시간이 필요해. 여행 가고 싶다."
"쉬려면 결재를 받아야 하는 것도 아닌데 뭘 걱정이야? 다음 개편 때 한두 텀 쉬면 되지."

친구들은 말하지만 20년을 일한 방송 작가에게도 쉬고 싶을 때 한두 텀 쉬는 게 생각만큼 쉽지 않습니다. 떠났다 돌아오면 프로그램이 나를 기다리고 있는 것도 아니고 쉬는 동안 감이 떨어지면 어쩌나 하는 걱정이 드는 것도 사실이지요.

덴마크의 코펜하겐 대학교 연구진이 다소 엽기적인 실험을 했습니다. 2주 동안 젊은이들의 다리를 묶고 꼼짝 못하게 하니 신체 능력이 20~30% 정도 감퇴했다는군요. 평소 운동으로 얻어놨던 체력도 뚝 떨어지고요. 하지만 실험 대상자들을 너무 걱정하진 마세요. 한 달 반 정도 꾸준히 운동을 시켰더니 2주 동안 운동을 하지 않아 손상된 신체 능

문법

력들이 대부분 되돌아왔다고 하니까요. 우리의 몸은 머리보다 기억력이 좋은가 봅니다.

'일을 쉰 지 한참인데, 감 떨어졌으면 어떡하지?'
'공부에도 때가 있다던데, 지금 시작하면 감이나 잡을 수 있을까?'
'잠깐 쉬고 싶어도 감 떨어질까 봐 무서워.'

하지만 이런 걱정이야말로 언감생심焉敢生心. 감을 무시한 걱정은 아닐까요? 떨어진 감이야 하나둘씩 다시 주우면 됩니다. 술에 취해 머릿속은 블랙아웃이 되었어도 우리 집 현관 비밀번호는 기가 막히게 누르고 들어가는 놀라운 능력, 그 몸의 기억력을 한번 믿어봐야겠어요.

마음의
소리

　　　'골골골' 피곤한 직장인의 코고는 소리, '토닥토닥' 엄마의 아기 달래는 소리, '달그락달그락' 졸린 눈으로 커피를 끓이는 어느 수험생의 잠 깨는 소리, 술 취한 윗집 아저씨의 노랫소리, 어렴풋이 들리는 자동차의 경적……
새벽엔 세상의 소리들이 낮보다 훨씬 잘 들립니다. 공기가 안정적이고, 사람이나 자동차나 움직임이 적기 때문에 도중에 반사되는 일이 없이 소리가 멀리까지 잘 전해진다고 하네요. 우리의 집중력도 낮보다 훨씬 커지고요.

새벽에 제일 크게 들리는 소리는 내 마음의 소리가 아닐까요? 낮 동안에는 너무 바빠서, 너무 많은 소리에 귀 기울이느라 듣지 못했던 마음의 소리가 들려오는 시간. 그래서 새벽 방송의 말 원고를 쓸 때는 낮 방송의 말 원고보다 훨씬 조심스러워집니다. 그 마음의 소리에 괜한 타인의 잔소리가 섞이지 않도록, 애써 편안해진 마음에 또 다른 근심이나 외로움이 찾아가지 않도록.

　　　　　　　　　　　　　　　문법

흔들려도
굿 샷

궁수는 과녁을 정조준 해서 화살을 쏘지 않습니다. 바람의 방향과 세기를 가늠해서 때로는 과녁보다 조금 위나 아래로, 때로는 과녁보다 조금 옆쪽으로 화살의 방향을 정하지요.

포켓볼 선수들도 포켓에 넣어야 할 공의 정 가운데만을 노리고 치지는 않습니다. 각도와 벽을 잘 이용해서 때로는 공을 스치듯이, 때로는 벽을 향해서 밀어 치고, 당겨 치고, 끌어 치고, 부딪혀 치면서 '굿 샷Good shot'을 기록하지요.

목표를 정하고 노력하는 것은 매우 중요합니다. 하지만 그 목표만을 정조준 하고 사는 것도 실패의 원인이 될 수 있지 않을까요?

목표를 세운 지 며칠도 안 됐는데 이런저런 사람들이 결심을 흔들어대고, 이런저런 상황들이 목표를 가로막는다고 느껴질 때…… 괜찮습니다. 그 바람이, 그 벽이 어쩌면 우리를 과녁으로 안내할 수도 있으니까요. 잠시 흔들려도 당신은 굿 샷.

괜찮지 않아도
괜찮아

사람들이 제일 많이 하는 거짓말 중에 하나는 '해봤어'라고 합니다.
"나도 해봤어!"
"나도 먹어봤어!"
"나도 가봤어!"
"너만 해봤냐? 나도 왕년에 다 해봤어!"

사람들이 제일 많이 하는 거짓말 중에 또 하나는 '괜찮아'라는 조사 결과도 있군요.
"괜찮아, 별거 아니야!"
"괜찮아, 견딜만해."
"괜찮아, 한숨 자면 나아질 거야."

'해봤어'와 '괜찮아' 중에서 어떤 거짓말을 더 많이 하면서 살고 계신가요? 남한테 아쉬운 소리 하는 거 싫어하고, 속으로 삭히고 마는 당신의 성격으로 봐서는 '괜찮아' 쪽이 더 많지 않을까요?

문법

'괜찮아', '됐어', '별거 아니야', '아무렇지도 않아'.
누군가 당신에게 이렇게 대답한다면 거짓말은 아닌지, 정
말로 괜찮은지 한 번 더 진심으로 물어봐주세요.

빅 매치

태권브이와 마징가제트가 싸우면 누가 이길까요? 배트맨과 아이언맨이 싸우면 누가 이길까요? 그리고 호랑이와 사자가 싸우면 누가 이길까요? 앞의 두 대결은 언젠가 이루어질지도 모르지만 호랑이와 사자가 야생에서 벌이는 빅 매치는 불가능에 가깝다고 합니다. 호랑이는 산에서 살고 사자는 초원에서 사니 만나는 것 자체가 어렵고, 호랑이는 혼자 싸우고 사자는 떼를 지어 싸우니 만약 대결이 이루어지더라도 불공정한 게임이 될 테니까요.

'저 사람은 꼭 이겨야 돼!'
'저 인간만큼은 무슨 수를 써서라도 이기고 말 거야.'
살다 보면 두 눈을 부릅뜨고, 이를 악물고 잡아먹을 듯이 전의를 불태울 때가 있습니다. 하지만 애초부터 모두가 다 다른 인생인데, 애초부터 이기고 진다는 게 있을 수가 있을까요? 호랑이와 사자가 싸우면 구경하던 여우가 이길지도 모르겠군요.

최상의
조건

우리가 일반적으로 제일 쾌적하다고 느끼는 날씨는 기온이 18도에서 22도, 습도는 65%. 그리고 바람은 초당 1.2m로 불 때라고 합니다. 그런데 이렇게 더없이 쾌적하고 화창한 날씨가 사는 데도 더 없이 좋은가 하면 그건 또 아니라네요. 오히려 집중력이나 긴장감이 떨어지는 경우가 많다나요?

이렇게 날씨 하나만 봐도 최상의 조건이 최상의 결과를 만드는 건 아닌 것 같습니다. 남들 결혼해서 사는 것만 봐도 최고의 조건이 최고의 행복을 만드는 것도 아닌 것 같습니다. 오늘, 우리가 가진 조건도 이만하면 괜찮지 않나요?

나의 명당은
어디인가

멀미를 하는 사람들에게 최대한 흔들리지 않는 명당은 어디일까요? 버스나 자동차는 아무래도 앞자리가 흔들림이 제일 적고, 배는 중간 자리, 비행기는 날개 위 좌석이 덜 흔들린다고 하네요. 아, 엔진 소리 때문에 좀 시끄럽긴 하겠군요.

극장에서 외국영화 볼 때의 명당은 자막과 화면이 한눈에 잘 들어오는 가운데 구역의 양쪽 사이드. 취업 준비생들이 제일 선호하는 도서관 명당은 열람실 안쪽 깊숙한 자리, 구석진 곳의 창가 자리 그리고 벽을 등지고 있는 자리라고 합니다. 집중이 잘 되고, 방해가 적기 때문이지요.

하지만, 하지만 뒷자리에 앉은 사람이 영화 보는 내내 의자를 툭툭 찬다면? 앞자리에 앉은 커플이 공부하는 내내 속닥거린다면? 그땐 영화고 뭐고, 공부고 뭐고, 명당이고 뭐고 소용이 없을 테지만요.

세상에서 제일 흔들리지 않는 자리, 제일 안정적인 자리, 잔바람도 없이 조용한 자리는 어디일까요? 몸도 편하고 속도 편한 그 자리에는 누가 앉아 있을까 문득 궁금해집니다. 남이 앉았을 때는 그렇게 편해 보이더니, 막상 내가 앉아보니 좌불안석. 철밥통 같아 보이는 자리에 앉아 있는 사람도 술 한잔 들어가면 불평불만이 댓 바가지는 나오던데 말이지요.

"내가 이놈의 자리에서 뭔 영화를 보겠다고!"

행운의
수중전

야구는 웬만큼 비가 오면 경기가 취소되지만, 축구는 웬만큼 비가 와도 경기가 치러집니다. 선수들이 제일 힘들어 한다는 수중전. 특히 기본기가 부족한 선수들에게 수중전은 정말 어려운 경기라고 하네요. 가장 기초적인 볼 트래핑이나 패스의 강약 조절도 잘 안 되고, 체력 소모도 많기 때문이랍니다.

이 때문에 수중전이 치러질 땐 재밌는 결과가 속출한다고 합니다. 축구에서 약팀이 강팀에게 이길 확률은 10% 미만, 하지만 수중전에서는 약팀의 승리 가능성이 50% 높아진다는군요. 그러니까 수중전에서는 절대 강자와 절대 약자의 경계가 약해지는 겁니다

'여건이 좋지 않군.'
'상황이 나쁘네.'

빗물로 질척거리는 운동장이나 칼바람이 부는 자갈밭 위

에서 경기를 하게 되었다고 지레 겁을 먹거나 포기할 필요는 없지 않을까요? 어쩌면 그곳이 내가 이길 수 있는 절호의 찬스, 행운의 그라운드가 되어줄지도 모르지요.

슈퍼 영웅

슈퍼맨, 엑스맨, 아이언맨, 배트맨……. 영화 속 슈퍼 영웅들의 인생은 언제 봐도 부러움의 대상이지요? 하지만 이들에게도 치명적인 약점은 있습니다. 크립톤 행성의 작은 돌덩이 하나면 슈퍼맨의 슈퍼 파워는 무용지물이 되고, 엑스맨은 사회로부터 범죄자 취급을 받습니다. 아이언맨은 평생 원자로를 가슴에 달고 다녀야 하고, 배트맨은 외상 후 스트레스 장애에 끊임없이 시달리고 있지요.

최고의 인기를 자랑하는 슈퍼 영웅 캐릭터들에게 결정적인 약점이 설정돼 있다는 것. 아무리 초인이라도 한 가지 약점 정도는 갖고 있어야 매력도 있고, 재미도 있다는 판단에서가 아닐까요? 그리고 그 약점을 극복해야만 진정한 영웅이 될 수 있다는 철학이 담겨 있지 않나 생각해봅니다.

그렇지 않나요? 지갑이 가벼운, 손해만 보는, 승진도 못하는, 속기도 잘하는 약점 투성이 슈퍼 영웅 여러분!

마음
씻기

씻으면 지워지고, 깨끗해지는 건 당연한 얘기지요. 손을 씻으면 손이 깨끗해지고, 발을 씻으면 발이 깨끗해지고요. 그런데 손을 씻거나 샤워를 하면 마음도 씻기고, 기억도 지워진다고 하네요. 미국에서 나온 연구 결과에 따르면 손 씻기나 샤워가 죄책감이나 슬픔, 의심 같은 기억의 잔여물을 없애는 효과가 있다고 합니다. 한마디로 마음을 씻는 효과가 있다는 거지요. 그래서 과거에 범죄를 저질렀던 사람이 마음을 고쳐먹고 새로운 삶을 시작할 때 이런 표현을 쓰게 된 건가요?
'나 이제 손 씻었어.'

혹시 어제 들은 악담이나 SNS의 악플들 때문에 마음이 무거운가요? 혹은 기억하고 싶지 않은 얼굴이 자꾸 떠올라서 오늘을 시작하는 마음이 답답한가요? 깜빡깜빡 건망증으로 고생을 하면서도 꼭 필요할 땐 머릿속의 지우개가 작동을 잘 안 하거든요. 그럴 땐 우리, 세면대로 가서 흐르는 물에 깨끗이 손 한번 씻을까요?

빈 구석의
매력

　　　　세계적인 장수 마을로 손꼽히는 일본의 오키나와에서는 식사 전 스스로에게 이렇게 말한다고 합니다.
'배가 덜 부를 때까지만 먹자.'

여기서 배가 덜 부를 때까지란 80% 정도의 포만감을 느낄 때라고 하네요. 단풍 절정기란 산 전체의 80% 정도가 물들 때를 뜻하지요. 밥 한 공기도 20%쯤 덜 채웠을 때가 건강에 좋고, 단풍도 20%쯤 덜 물들 때가 제일 아름답듯이 사람도 마찬가지 아닐까요?

너무 완벽해 보이면 말 한 마디 걸기도 힘이 듭니다. 어디 한 군데라도 부족한 구석이 보여야 다가가기도 쉽고, 사귀어보면 또 그런 사람들이 겸손하기도 하고 남을 배려할 줄도 알지요.

부족하다는 건 가능성이자 건강한 매력일 수 있습니다.

오늘이 제일 좋았던 것은 내일이면 시들고, 오늘 부족한 것은 내일 더 영그는 법. 지는 꽃보다는 피는 꽃을 보는 마음이 더 즐겁습니다.

요요 현상

줄이고 또 줄여도 자꾸 늘기만 하는 몸무게.
줄이고 또 줄여도 자꾸 늘기만 하는 카드 빚.
줄이고 또 줄여도 자꾸 늘기만 하는 일거리.

지독하고 야속한 보통 사람들의 요요 현상.

투수에게

그대는 지금 막 마운드에 들어선 투수입니다. 두렵고 떨리기는 하지만 이겨내야 합니다. 누구도 공을 대신 던져주지 않을 테니까요.

'직구야. 지금은 직구를 던질 때야.'
'아니야, 변화구야. 변화구를 던져야 타자가 속을 거야.'

수많은 관중들이 저마다의 작전을 지시하겠지요. 견제구라도 던질 때면 여기저기서 야유가 쏟아질 테고. 하지만 절대로 그들의 말에 흔들려서는 안 됩니다. 다시 말하지만 누구도 공을 대신 던져주지 않을 거고, 그들의 역할은 관중일 뿐입니다.

고집스럽게

라면을 제일 맛있게 끓이는 방법은 봉지 뒷면에 쓰여 있는 대로 끓이는 거라지요. 하지만 그게 말처럼 쉽지가 않습니다. 끓이다 보면 대파도 한 쪽 넣어 보고 싶고, 청양고추도 하나 썰어 넣고 싶고. 어떤 날은 김치도 송송 썰어 넣고 싶거든요.

물건을 오래 잘 쓰는 방법은 설명서대로 쓰는 거라지요. 그런데 그것도 말처럼 쉽지가 않습니다. 쓰다 보면 요렇게 한번 바꿔서 해볼까? 조렇게 하면 어떻게 될까? 호기심도 생기고, 장난기도 발동하기 마련이니까요.

'시키는 대로만 하면 되는데, 왜 그걸 못하니?'
'하라는 대로 하면 되는데, 왜 그것도 못해?'

하지만 사실 그게 어려운 일이라는 건 시키는 사람도 알고 있을 겁니다. 우리도 생각이 있는데, 우리도 고집이 있는데. 고래 심줄보다 더 질기고, 황소고집보다 센 고집은 내 고집 아닐까요? 오늘은 그 고집이 시키는 대로 한번 살아보면 어떨까요? 그러니까 내 마음이 시키는 대로.

릴케도 말했다지요. 자신의 심장에 맞서 이길 수 있는 사람은 아무도 없다고.

진짜는
그 다음

　　　　　성공도 실패도 어차피 잠깐 머물러야 할 과정일 뿐, 당장의 결과보다는 그 다음이 더 중요합니다. 성공한 다음, 실패한 다음,

주저앉아 머무느냐, 추스르고 다시 시작하느냐에 따라 실패는 마침표가 되기도 하고, 쉼표가 되기도 하겠지요. 또 독약이 되기도 하고, 입에 쓴 명약이 되기도 하겠지요.

우리의 인생 사전 속에서 실패는 어떤 의미인가요?

문법

습관

습관 들지 않아
힘들고,
습관 때문에
어렵고

어떤
습관

방송 끝나고 가족 같은 스태프들과 점심을 먹으러 갔습니다. 전에도 두어 번 간 적이 있는 닭 칼국수 집이었는데, 생긴 지 얼마 되지 않은 곳이라 손님이 많은 편은 아니었지요. 찌그러진 양은 대야에서 닭 두 마리가 보글보글 끓고 있을 때 주인아주머니가 다가와 건네는 인사.

"아휴, 그동안 왜들 안 오셨어요? 맛있다면서 많이들 좀 데리고, 자주들 좀 오시지."

동행했던 DJ가 은근슬쩍 뼈 있는 농을 건넸습니다.

"오랜만에 왔다고 더 반가워할 줄 알았더니, 안 왔다고 타박이셔. 그리고 왜 자꾸 다른 사람들을 데려오래요? 이미 와 있는 사람 서운하다, 서운해."

"오호호호, 죄송해요, 내가 실수를 했네. 요놈의 입버릇 고쳐야 되는데, 습관이 돼서."

헌데 대답이 끝나고 30초나 지났을까요? 식당 문을 열고

한 손님이 들어서자, 그가 의자에 엉덩이를 붙이기도 전에
주인아주머니의 목소리가 들려오는 것이었습니다.
"왜 이렇게 오랜만이에요? 혼자 오셨어요? 왜요, 같이 좀
오시지?"

SNS
배앓이

세계 최초의 셀카, 그러니까 셀프 카메라 사진은 1839년 미국의 사진작가 로버트 코넬리우스가 자신의 집 뒷마당에서 찍은 사진이라고 합니다. 당시 사진 기술의 사정상 그는 이 셀카를 찍기 위해 짧게는 3분 길게는 15분을 꼼짝도 하지 않고 똑같은 포즈로 서 있어야 했을 거라는군요.

그런가 하면 영화로도 유명한 제정러시아의 아나스타샤 공주는 1914년 13살의 나이에 일찌감치 셀카를 찍었는데, 거울 앞에서 경직된 표정으로 찍은 셀카를 친구에게 보여주며 이렇게 말했다고 합니다.
"나, 이 사진 찍느라 너무 힘들었어. 손이 막 덜덜 떨리더라고!"

19세기를 넘어 20세기를 지나 21세기에 접어들면서 셀카의 전성시대가 계속되고 있지요. 어떤 사람들은 놀 때도 찰칵, 일할 때도 찰칵, 하루에도 몇 십 장씩 자신의 셀카 사진을 SNS에 올리기도 하는데요. 헌데 셀카 찍을 때 부자연스럽기는 예나 지금이나 마찬가지라는 생각이 듭니다. 좀 더 젊어 보이기 위해서, 좀 더 잘나가는 것처럼 보이기 위해서, 좀 더 가진 것처럼 보이기 위해서 코넬리우스보다 아나스타샤보다 어쩌면 더 과장되고 억지스러운 셀카를 찍고 있는 건 아닌지. 하긴 얼굴 표정이라도 나오는 셀카는 그나마 나을지도 모르지요.

애인과 100일 기념 여행을 떠났던 K. 숙소에 짐을 풀자마자 한바탕 말싸움을 한 탓에 1박 2일 내내 서로에게 경쟁하듯 짜증을 냈고, 냉전 속에 밥을 먹다 급체까지 했지만 K의 SNS에는 럭셔리한 숙소와 먹음직스런 음식들 사진만 잔뜩 올라올 것이 분명합니다. '#100일 여행 #핫 플레이스 #사랑하라' 같은 해시태그와 함께 말이지요.

방학을 맞은 아이들과 해외에서 한 달 살기를 시작한 S. 현지에 아는 사람이 없어 말 상대도 없는데다 언어가 통하지 않아 숙소 근처의 마트나 카페를 제외하고는 혼자 외출하기도 두렵습니다. 해서 아이들이 영어 캠프에서 돌아올 때까지 숙소 옥상의 풀장에서 홀로 시간을 보내는 것이 일과의 전부이고, 창밖으로 보이는 이국적인 야경을 보면서도 머릿속은 한국에 돌아가면 다시 도돌이표처럼 시작될 남편과의 갈등으로 복잡하지요. 하지만 선베드에 비스듬히 누워서 화려한 페디큐어에 포커스를 맞춰 찍은 멋진 인피니티 풀의 사진은 SNS에 올리자마자 '좋아요' 세례를 받을 것이 분명합니다.

그러니 우리, 너무 배 아파 말아요. SNS에 올라온 사진이 일상의 MRI도 아닌 것을.

삼계탕

"제가 삼계탕집을 하는데요. 초복 때 삼계탕 주문을 너무 많이 받다 보니 나중에는 정신이 멍해지더라고요. 그래서 주문 전화 받을 때 저도 모르게 이렇게 말했네요. '여보세요. 삼계탕입니다!'"

아마도 비슷한 경험을 하신 적이 있지 않을까요? 정신없이 바쁘게 일하다 보면 내가 삼계탕인지, 삼계탕이 나인지, 내가 공장 기계인지, 공장 기계가 나인지, 내가 짐짝인지, 짐짝이 나인지 헷갈리는 기분, 동기화되는 기분.

오늘도 일과 한 몸이 되어가며 얼마나 열심히들 살고 계실까요? 일주일에 하루 정도는 일하고 분리가 되면 좋을 텐데…… 완전히 떨어져 나오면 더 좋을 텐데요.

여행 가방에서
빼야 할 것들

　　　　　당일치기로 제주도에 가서 고 김영갑 작가의 사진들을 보기도 하고, 1박 2일로 일본에 가서 온천욕을 하기도 했습니다. 2박 3일로 태국에 가서 똠얌꿍을 먹고 오기도 했고, 왕복 28시간을 날아 3박 4일 일정으로 그루지야에 가서 와인을 마시고 오기도 했습니다.

SNS에서 종종 보는 럭셔리 라이프 자랑이 아닙니다. 떠나고 싶은 몸과 마음을 누르고 또 누르다가, 이러다 숨이 막힐 것 같을 때쯤 겨우 틈을 만들어서 떠난 생활형 작가의 콧바람 여행. 잠깐이라도 일상을 벗어나고 싶어 비경제적이고 무리하기 짝이 없는 일정으로 탈옥하듯 떠나면서도 기내용 캐리어에는 노트북을 챙겼습니다. 쉬기 위해 작정하고 떠났던 다른 긴 여행들도 마찬가지였습니다. 미리 써서 보내놓은 원고에 수정거리가 생기거나 놓치기 아까운 일거리가 갑자기 들어오거나 하여 혹시나 한번쯤 노트북을 쓸 일이 생길까 해서입니다. 몸은 떠났지만 마음으로는 온전히 떠나지 못했습니다.

여행가로도 유명한 이병률 시인은, 여행갈 때 이런 것들을 챙기는 사람들이 신기하다고 했습니다. 트렁크 가득한 책, 평소에 즐겨 마시는 원두커피, 두툼한 일기장, 잠옷 그리고 애인.

일상을 잔뜩 짊어지고 떠나는 여행이 자유로울 수 없습니다. 빈 지갑이 제일 무거운 짐이라고는 하지만 '어쩌면 한 번쯤 필요할 수도 있을 것 같은 물건'들로 꾹꾹 채워진 가방과 빈틈없이 짜인 일정표는 여행을 방해하는 또 다른 짐입니다. 여행이 진정한 숨표가 될 수 있는 건 얼마나 길게 떠나느냐가 아니라 얼마나 놓고 떠나느냐에 달려 있지 않을까요?

더불어서 완벽한 준비란 과연 있을까도 생각해봅니다. 아직은 때가 아니라고 말하지만 출발을 위해 이미 너무 많은 준비를 한 건 아닌지도 의심해보아야 합니다.

꿈 부자

　　　　　꿈을 많이 꿔서 그런가 밤새 뛰어다닌
것만 같습니다. 꿈도 참⋯⋯. 그동안 같이 일한 연예인들도
줄줄이 만났다가, 대통령의 집에도 갔다가, 엘리베이터에
도 갇혔다가, 10년 전에 헤어진 12번째 사랑도 만났다가,
신발을 짝짝이로 신었다가 ⋯⋯ 완전 동시 상영 시리즈.

일어나자마자 스마트폰으로 검색을 해봤더니 꿈을 여러
번 꿨다는 건 나도 모르는 사이에 여러 번 잠에서 깼다는
뜻이라네요. 또 그만큼 피곤하고 생각이 많다는 뜻이기도
하답니다. 그러고 보니 요즘 생각이 많긴 했습니다. 눈을
감고 꾸는 꿈이든, 눈을 뜨고 꾸는 꿈이든, 꿈이 너무 많으
면 현실이 피곤해지는 건 마찬가지로군요.

왜
나만?

　　　　　　　　명절 전후 일주일, 작가들의 단골 원고 주제는 단연 '명절증후군'입니다. 명절 전후에 화병으로 고생하는 여성 환자들이 매년 어김없이 급증하는데요. 화병을 사전에서 찾아보면 울화병과 동의어입니다. 그리고 울화병은 이렇게 소개되어 있습니다.

'억울한 마음을 삭이지 못하여 간의 생리 기능에 장애가 와 머리와 옆구리가 아프고, 가슴이 답답하면서 잠을 잘 자지 못하는 병.'

그러니 명절증후군이란 '나만 또 하루 종일 음식 하겠지', '나만 또 손에 물 마를 새 없이 설거지하겠지', '나만 또 잔소리 듣겠지' 이런 억울함이 원인이 되어 발명하는 울화병인 셈이지요.

우리를 가장 억울하게 만드는 건 '나만'이라는 전제가 아닐까요? '왜 나만?' 갈수록 맞벌이 부부가 늘어나듯, 부부의 일에는 '맞'이라는 접두사가 늘어나야 합니다.

조금
더

　　　　　단 하루라도 운동을 안 하면 마음이 불안하다는 친구가 있습니다. 40대 중반에도 운동에 대한 열정만큼은 20대 청년 못지않지요. 감기 몸살에 걸려 골골거리던 날에도, 술에 얼큰하게 취한 밤에도 그는 집이 아니라 헬스클럽으로 향했습니다. 그 정도면 너무 유별난 거 아니냐고 했더니 요즘 자기와 같은 사람들이 적지 않다네요.

전문가들에 따르면 운동할 때는 '베타 엔돌핀'이란 호르몬이 분비되는데, 이 호르몬이 운동 중독의 큰 원인이 된다고 합니다. '베타 엔돌핀'이 행복감과 쾌감을 느끼게 하기 때문에 그 행복감을 느끼기 위해서 고통도 잊은 채 운동을 하게 된다는 거지요. 그러다가 부상을 입고, 장애를 얻는 경우도 적지 않다고 합니다.

첫째, 당당하게 밝히지 못한다.
둘째, 쏟아붓는 금액과 횟수가 자꾸 늘어난다.
셋째, 다른 여가 활동은 거의 하지 않고, 그것만 생각한다.

넷째, 잘 안되거나 못하게 되면 화가 나고 불안해진다.

중독 단계에 접어든 사람들의 특징입니다. 그리고 운동이
든, 일이든, 취미든 또 사람이든 중독 단계에 접어들면 탈
이 나기 십상이지요. 좋은 습관으로 머물 수 있도록 선을
지키려면 어떻게 해야 할까요? 많은 경우 '조금 더'라는
마음에서 비극은 시작되는 법.

'조금 더'의 욕심은 접어두고, 그 자리에 '이만하면 됐다'
는 만족감을 조금 더 채워보면 어떨까요?

심심할
시간

여느 날처럼 일찍 도착해 방송 원고를 꼼꼼하게 읽던 DJ가 문장마다 쉼표를 찍듯이 한숨을 쉬었습니다. 혹시 원고가 마음에 들지 않는 걸까 걱정이 되어 물었더니 딸 때문이라고 합니다. 열세 살 딸이 4박 5일로 겨울 캠프를 떠났는데, 캠프 장소가 시골 폐교를 개조한 학교라 시설도 열악할 것 같고, 딸이 난생 처음으로 집을 떠나보는 거라 마음이 싱숭생숭 걱정이 이만저만 아니라는 거지요.

그런데 딸은 엄마의 걱정보다 강했습니다. 5일 후 캠프에서 돌아온 딸은 춥지도 않고, 불편하지도 않고, 밥도 너무 맛있었고, 엄마 아빠 생각도 안 나고, 아주 신났다면서 기다린 사람이 서운할 정도로 자랑을 하더라네요. 썰매 타기, 바느질하기, 요리하기, 게임 하기 다 재밌었지만 제일 좋았던 건 아무것도 안 하는 자유 시간. 아무것도 안 시키고, 아무도 간섭 안 하는 시간이 많아서 도서관에 홀로 앉아 책을 읽었다는 겁니다.

습관

"그런데 그게 '놀랄 노'자라는 거 아니니. 걔가 도서관에 혼자 앉아서 책을 읽다니! 갠 집에서는 텔레비전과 휴대폰만 과하게 사랑하는 아이라고!"

미국의 교육은 '네 안에 있는 것은 무엇인가'를 궁금해 하고, 한국의 교육은 '네 안에 무엇을 넣어야 할지' 궁금해 한다고 하지요? DJ의 이야기를 들으면서 문득 떠오른 생각. 어쩌면 요즘 우리 교육의 가장 큰 문제는 아이들에게 심심할 시간을 주지 않고 있다는 게 아닐까요? 어쩌면 우리 어른들의 문제도 마찬가지고요. 그동안 '심심함'이 만들어낸 창작의 산물들이 그 얼마나 많던가요?

친구 따라
강남 가기

어떻게 방송 작가가 되었냐는 질문을 자주 받는데, '친구 따라 강남 갔어요.'라고 대답합니다. 생물학을 전공했기 때문에 다른 동기들은 일찌감치 실험실에 들어가 석사 준비하겠다, 대형 병원에서 일하고 싶다, 제약회사에 취업하겠다, 유학을 가겠다, 공무원 시험을 보겠다 등 졸업 후 진로를 구체적으로 준비하는데 나는 딱히 하고 싶은 것도 없이 학점도 의욕도 갈수록 뚝뚝 떨어지기만 했습니다. 장학금까지 받고 입학했던 터라 교수들이 대놓고 실망감을 표현할 정도였지요.
'넌 우수한 성적으로 들어와서 제일 우스운 성적으로 나가겠구나.'

그런데 3학년이 끝나갈 무렵 고교 동창 모임에 나갔다가 한 친구의 소식을 듣고 정신이 번쩍 들었습니다.
'너, 유선이 알지? 같은 반은 아니었어도 같은 독서실 다녔잖아. 걔 라디오 작가 됐더라.'
순간 왜 가슴이 '쿵' 내려앉고 질투가 나던지. 어려서부

습관

터 라디오를 끼고 살고 음악과 글 쓰는 걸 좋아해서 라디오에서 일하는 사람을 꿈꾸었지만 방송국은 아주 특별한 사람들이 다니는 곳이라는 생각에 지레 포기했었는데……. 성적도 고만고만했던 녀석이, 아니 가끔 모르는 시험문제를 물으러 오던 녀석이 내가 포기해버린 꿈 속에서 산다니.

갑자기 방송 작가라는 직업이 만만해지면서 '난 왜 못해?' '나도 한번 도전해보자' 하는 패기가 솟았습니다. 그 길로 전에 없던 추진력까지 발휘해 한 방송아카데미에 등록한 것이 이 길에 들어선 첫걸음입니다. 유선이란 친구가 '얘, 너도 나처럼 방송할래?' 하고 이끈 것은 아니니 '친구 따라'가 아니라 '친구 보고 강남 갔다'라 해야 할까요?

속담에서의 '강남'은 지금의 압구정동이나 청담동이 있는 강남이 아닙니다. 중국의 양자강 아래쪽, 그러니까 아주 먼 곳. 친구가 가잔다고 멀디면 낯선 곳을 따라간다는 뜻이겠지요.

요즘 어디 친구 따라 강남까지만 가나요? 더 멀리도 가지요. 친구 따라 투자도 하고, 취미도 바꾸고, 필요 없는 물건을 사기도 합니다. 직장인들에게 설문 조사를 해봤더니, 71% 정도의 직장인들이 친구 따라 강남 간 적이 있었다고 하네요. 그리고 그보다 높은 73% 이상의 사람들이 '아, 저 친구 따라하지 말걸', '아, 저 사람 말 듣지 말 걸' 후회한 적이 있었다고 합니다.

남들이 하니까, 남들이 하자니까, 남들이 하라니까 심사숙고 없이 따라쟁이가 되고, 후회쟁이가 되는 것도 생각보다 참 졸업하기 힘든 습관입니다. 우리의 귀는 팔랑귀마냥 얇고, 우리의 눈엔 남의 떡이 늘 커 보이고, 우리의 마음은 달콤한 말에 약해지기 쉬우니까요.

그래서 이런 바람도 가져봅니다. '힘들었지만 잘 따라왔다'고 고마워할 수 있는 인생의 선배들이 우리의 주위에 더 많이 살아주기를. 더 잘 살아주기를.

다시
하나 봐라!

베스트셀러 작가 김훈 씨는 책을 한 권 낼 때마다 이런 생각을 한다고 합니다.
'내가 다신 책을 내나 봐라. 이놈의 책, 다시는 안 쓴다. 이러고도 내가 또 펜을 들면 …….'
그래놓고는 또 쓰고, 또 쓰고 책은 계속 나왔다는 이야기.

라디오 청취자들도 그렇습니다. 프로그램이 끝날 때쯤이면 이런 문자들이 속속 들어옵니다.
'오늘도 내 문자만 쏙 빼놓네. 내일부턴 딴 거 들어야지.'
'오늘도 선물 탈락! 내가 이 프로를 다신 듣나 봐라.'
이래놓고는 또 듣고, 또 듣고 애청은 계속 됐다는 이야기.

'내가 이놈의 연애를 다신 하나 봐라.'
'내가 이놈의 의리를 다신 지키나 봐라.'
'이러고도 내가 또 그러면 울 엄마 아들이 아니라 X자식이다!'
글쎄요. 이래놓고는 우리도 또 하고, 또 지키고, 또 속으면서 살아가겠지요.

기다리는 사람이
늦게 온다

추석 연휴를 며칠 앞둔 월요일이었습니다. 몇 년 전부터 회자됐던 황금연휴였던지라 라디오 프로그램마다 일이 손에 안 잡힌다는 청취자들의 문자가 쇄도했습니다. 특히 긴 연휴 덕분에 수년 만에 또는 십 수 년 만에 친정을 가거나 여행을 가게 된 사람들의 사연은 남은 며칠에 대한 야속함으로 대동단결이었지요. 그러니까 볼일을 참으며 엘리베이터를 기다리고 있을 때 1분 전 엘리베이터를 타고 올라 간 20층에 사는 이웃이 잘못한 것도 없이 미워지는 기분이랄까요? 이런 날 첫인사를 어떻게 건넬까 고민하다가 한 청취자의 사연이 떠올랐습니다. 오늘도 오프닝 멘트는 쉽고, 가볍게.

○○○님, 오늘도 듣고 계십니까? 주신 사연, 제가 좀 쓰려고요.
편의점에 갔더니 문이 잠겨 있었습니다. '잠깐 화장실 좀 다녀오겠습니다.'라고 써 붙여놨기에 '금방 오겠지' 생각하고 휴대폰 게임을 하면서 기다렸죠. 그런데 20분이 넘게 지나서야 직원이 헐레벌떡 돌아와서는 하는 말.

"아이구, 죄송합니다. 제가 변비 탈출하느라 늦었습니다. 정말, 정말 죄송합니다."

이 상황에서 ○○○님이 화를 냈을까요? 아니요. 편의점 직원의 얼굴이 어찌나 후련해 보이던지 화도 안 나고, 덩달아 기분이 좋아졌다고 합니다. ○○○님! 사연 읽고 저도 기분이 좋았습니다. 화내지 않고 기다려주셔서, 실컷 기다려놓고 화내지 않으셔서 그 여유가 보기 좋아서요. 우리도 이렇게 기다립시다! 사람도, 황금연휴도!

많은 사람들이 기다리는 걸 참 힘들어 합니다. 조급해 하고, 보채고, 발 동동거리고. 까치발을 들고, 목을 빼고……. 어차피 때 되면 찾아오는 계절도 빨리 안 온다고 보챌 정도니까요. 기다리지 말고 잠시 잊어버리는 것도 괜찮지 않을까요? 기다리는 버스일수록 늦게 오고, 기다리는 사람일수록 더디 오는 법이니……. 특히나 사람은 후련하게 다 비우고 오라고.

유효 기간

복권이 유난히 잘 팔릴 때는 언제일까
요? 경제가 어려울 때? 전주에 엄청난 금액의 1등 당첨금
이 터졌을 때일까요? 그런 줄 알았더니, 아니라네요. 기획
재정부가 30년간의 복권 매출을 분석해서 내놓은 적이 있
었는데, 복권 매출이 가장 큰 폭으로 급증했을 때는 새로
운 복권이 출시됐을 때였다고 합니다.

'어, 새 복권 나왔네? 당첨금이 얼마지?'
'이 복권은 숫자를 어떻게 맞추는 거지?'
'어떻게 긁는 거지?'

새로운 것에 대한 호기심 때문에 판매량이 큰 폭으로 늘었
다가 일 년쯤 지나면 판매가 부진해지는 일명 '복권 피로
현상'이 나타난다는군요. 그러니까 신상 복권 인기의 유
효 기간은 일 년 정도인 셈인가요?

듣자하니 맛있는 커피의 유효 기간은 원두를 볶은 후에

일주일이고, 연구 결과를 보아하니 사랑의 콩깍지가 계속 되는 유효 기간은 2년 6개월, 신입 사원들이 회사에 집중 하는 충성의 유효 기간은 2년쯤 된다고 합니다.

새로운 인연에 대한 관심, 새로운 일에 대한 열정, 새로운 목표에 대한 노력의 유효 기간은 얼마나 될까요?

화의
시대

운전자들이 제일 화가 치밀 때는 뒤에서 과도하게 경적을 울릴 때라고 합니다. 직장인들이 제일 화가 날 때는 퇴근 시간이나 주말에 일을 시킬 때라고 하지요.

그렇다면 '나 자신'에게 화가 날 때는 언제일까요? 조사 결과를 보니 금연 실패처럼 자기 자신에게 굴복할 때, 자존심 지키겠다고 사랑하는 사람에게 화냈을 때 그리고 이러면 안 되는 줄 알면서도 하고 있을 때라고 하는군요.

21세기는 화의 시대라면서요? 꽃 '화花' 자의 시대이면 좋겠지만 성날 '화火' 자의 시대. 저녁 뉴스만 잠깐 봐도 보복 운전이나 층간 소음 다툼을 비롯해서 홧김에 일어난 사건 사고들이 하루에도 차고 넘치는 시대.

화를 낼 땐 내야 합니다. 계속 참으면 병이되니까요. 그래도 몇 가지 경우만은 참아보면 어떨까요?

습관

화난 채로 잠자리에 들기, 화난 채로 운전하기, 화난 채로 먹기, 화난 채로 술 마시기, 화난 채로 대화하기, 화난 채로 생각하기, 화난 채로 SNS에 글 올리기 그리고 화난 채로 돌아보기.

버리고
떠나기

영국의 한 의류 업체가 1천 명의 여성 고객들에게 물었더니 42%가 작아진 옷을 버리지 못하고 있었다고 합니다. 그 이유는 혹시나 살 빠지면 다시 입으려고. 또 23% 여성들은 '내 옷장에는 입을 옷이 없다'고 느끼고 있었다는데, 그야 당연하겠죠. 그녀들의 옷장엔 작아서 못 입는 옷들만 가득할 테니까요.

'혹시나' 했다가 '역시나' 할 걸 알면서도 우리는 자꾸 이렇게 미련을 떱니다. '혹시나 다시 입을까' 하고 남겨놨다가 옷장을 헌옷 보관함으로 만들고, '혹시나 누가 먹을까' 하고 남겨놨다가 집 안에 개미 군단을 불러들이고, '혹시나 사람이 변할까' 싶어서 곁에 남겨놨다가 맞은 뒤통수를 또 다시 맞기도 하구요.

버릴 땐 버려야 편해집니다. 그래야 새 옷도, 새로 먹을 것도, 새 사람도 생길 테지요. 원망, 미움, 그리움. 케케묵은 감정들이 빠져나가야 새로운 마음도 채워질 테지요.

마음의 난시

　　해발 $30m$의 절두산부터 $837m$인 북한산까지, 무명의 산들까지 포함하면 서울에만 140개가 넘는 산이 있다고 합니다. 종로구만 해도 12개의 큰 공원이 있고, 명동에만 해도 수백 개의 음식점이 있고, 면목동만 해도 수십 개의 산책로가 있고, 을지로만 해도 8개가 넘는 대형 영화관이 있고, 화곡동 뒷골목에도 십여 개의 크고 작은 카페들이 있겠지요. 반경 $10km$만 둘러봐도 갈 곳이 천지고, 안 가본 곳이 천지. 그런데 우리는 왜 자꾸 이런 말을 하는 걸까요?

'아, 갈 데가 없어. 먹을 데가 없어!'

빨간불
앞에서

　　　　　운전을 하다가 눈앞에서 빨간 신호등
에 걸렸을 때 사람들의 반응은 제각각입니다. '나만 또 운
이 없네. 앞차가 느려터져서 이렇게 됐네.' 하면서 빨간불
이 켜져 있는 내내 짜증을 내는 사람. 슬금슬금 앞으로 나
가는 사람. 기어도 바꿔봤다가, 히터 버튼도 눌렀다가, 룸
미러도 건드려봤다가, 한시도 손을 가만두지 않는 사람.
라디오 볼륨이나 조금 높이고 콧노래를 부르는 사람.

살다 보면 우리의 인생길 위에도 빨간불이 켜질 때가 있습
니다. 잘 되던 일이 벽에 부딪히기도 하고, 믿었던 사람에
게 배신을 당하기도 하고, 큰돈을 잃기도 하고, 건강을 잃
기도 하고요. 인생의 빨간불 앞에서 우리의 모습은 어떠한
가요?

월요병
치료제

국어사전에도 올라 있는 말이죠?

월요병: 한 주가 시작되는 월요일마다 정신적, 육체적 피로나 힘이 없음을 느끼는 증상.

그런데 어린이들의 월요병은 좀 다르다네요. 그동안 발표된 연구 결과들을 보면 우리나라 어린이들이 제일 많이 다치는 요일은 월요일. 특히 큰 사고 말고, 작은 사고들이 월요일에 집중돼 있다고 하는데요. 이유가 뭘까요? 주말에 못 만난 친구들과 오랜만에 만나다 보니 반가운 마음에 더 열심히 놀게 되고, 그러다 보니 사고가 많이 생기는 게 아닌지, 전문가들이 이런 추측을 내놓은 적이 있습니다.

반갑고 설레는 마음에 활동이 많아지는 월요병이라, 우리는 언제쯤 이런 월요병을 앓아볼 수 있을까요? 드라마 작가와 PD는 재밌는 월화 드라마를 더 만들고, 우리는 일터에 친구 같은 동료들을 더 만들어야겠군요.

아끼는
습관

돈 아끼는 게 습관이 되어서 그런가
요? 고이고이 남겨서 물려줄 것도 아닌데 왜 이렇게 아끼
고 사는지. 비울수록 더 많이 채울 수 있고, 쓸수록 더 많
이 얻을 수 있는 것들이 있습니다. 우리에게 주어진 열정,
용기, 사랑 그리고 재능.

그동안 당신은 얼마나 쓰셨나요? 혹시 무거울 정도로 너
무 많이 남아 있어서 더 높이 날 수 있는 우리를 날지 못하
게 붙잡고 있는 것은 아닐까요?

계절

인생의
환절기에는
성장통이
온다

안 먹었어요

별걸 다 연구하는 영국에서 나온 조사 결과, 여성들이 아무렇지 않게 제일 많이 하는 거짓말은 '조금 먹었어' 또는 '안 먹었어'라고 합니다. 사실은 먹을 만큼 먹었으면서. 뿐만이 아닙니다. 먹는 것과 관련된 거짓말을 1년에 무려 474번이나 한다는군요.

"나 오늘 점심만 먹고, 저녁부터는 아무것도, 진짜 아무것도 안 먹을 거야!"

"어머머 얘! 나, 원래 많이 안 먹어. 살찐 건 체질이라 그래."

왜 우리는 이렇게 밥 먹었다는 걸, 술 먹었다는 걸, 특히 나이 먹었다는 걸 자꾸 속이려고 드는 걸까요? 왜 먹어놓고 안 먹었다고 자꾸 부정하는 걸까요? 백번 양보해서 안 먹었다고 친들 안 먹은 게 되는 게 아닌데. 하늘이 알고, 우리가 알고, 우리 몸이 아는데.

한자로 '연륜年輪'이라고 하는 '나이테'를 아름답게 만드는 방법 중 하나는 가지치기입니다. 나무의 위아래 굵기 차이가 커지지 않게 되고, 나이테도 균일한 무늬를 갖게 되기 때문이지요. 해마다 1월이 되면 가로수들은 연륜을 잘 더하기 위해 가지치기에 들어가고, 사람들은 연륜을 지우기 위해 '나이 치기'에 들어갑니다.

'떡국만 먹은 거야, 나이는 안 먹었어.'
'그럼, 나이는 숫자에 불과해, 숫자만 늘어난 거지.'
'이 정도면 동안 아니니? 나이보다 훨씬 어려 보이지 않아?'
하지만 하늘이 알고, 우리가 알고, 우리 몸이 아는 거짓말.

"아, 어려지고 싶다."
언젠가 한탄처럼 내뱉은 말에 옆에서 방송 원고를 읽고 있던 DJ 이홍렬 씨가 특유의 장난기 넘치는 표정으로 말을 건넸습니다.
"내가, 갑자기 10년에서 20년 쯤 확 어려지는 방법, 알려줘? 나를 어린애처럼 대하는 사람을 만나는 거야. 만약 전유성 형을 길에서 우연히 만나잖아? 그럼 유성이 형은 아마 내 뒤통수를 탁 치면서 이럴 걸? '야, 홍렬이 너 오랜만이다. 어디 가냐? 어린놈이 선배한테 연락도 자주 안 하고 말이야,' 그럼 환갑도 넘은 나는 갑자기 어린놈이 돼서 애처럼 투정을 부리지 않겠니? '아, 형 왜 때려요? 으씨, 아파 죽겠네. 왜 때리냐고? 왜 때려, 왜 때려?'"

나도
그래요

어느 주부가 부부 싸움을 한바탕하고 친구를 찾아갔습니다. 아마도 한참 동안 속풀이를 했겠지요.

"내가 이 인간 때문에 미치겠다니까, 꼴 보기 싫어 죽겠어! 얘, 이런데도 계속 같이 살아야 되니?"

가만히 듣고 있던 친구가 조용히 웃으면서 내뱉은 한마디. 백 마디 말보다 큰 위로가 됐다는 한마디.

"얘, 나도 그렇게 살아. 너만 그런 줄 아니?"

그래요. 힘들 때 '나만 힘들다'고 생각하면 더 힘이 듭니다. '다들 이 정도 어려움은 겪고 산다'고 생각해야 이겨낼 수 있는 용기가 조금 더 일찍 생깁니다.

일은 안 풀리고, 자꾸 나쁜 일만 생겨서 속상하신가요? 사랑에 속고, 정에 뒤통수 맞고, 돈에 울고……. 이런데도 계속 살아야 되나 한숨도 나고 그러신가요?

…… 나도 그래요.

알아봤다

"어때, 기가 막히지 않니?"

라디오 프로그램 〈오지혜의 좋은 사람들〉을 함께하던 시절, DJ 오지혜 씨가 잡지에서 오려다준 기막힌 오프닝거리.

제목: 방학

지은이: 이진욱 (초등 3학년)

시작할 때는 엄청 긴 거 같은데
'어?' 하는 사이 후다닥 끝난다.
2학년 때 알아봤다.

– 어린이 잡지 《고래가 그랬어》 중에서

젊음, 넌 20대 때 알아봤다.

한 살 더
먹기 전에

지난 늦가을 5년간 함께 일했던 배기성 DJ의 결혼식에 다녀왔습니다. 올해는 넘기지 않고 싶다더니, 11월의 신랑이 되었네요.

통계청이 발표한 내용을 보니 최근 5년 동안 결혼한 부부들 중에서 가을에 결혼한 부부가 28% 이상이라고 합니다. 봄에 결혼한 부부보다 3% 정도 더 많다고 하는데요. 가을에 결혼하는 이유는 '날씨가 좋아서' 그리고 이런 심리도 있겠지요.

'해는 넘기지 말아야지. 기왕에 할 거, 한 살 더 먹기 전에 해야지.'

가을바람이 제대로 불기도 전에 마음속의 바람이 우리를 보채기 시작합니다. 태풍 같은 큰 바람도 불고, 잔바람도 잦습니다. 당신은 어떤 바람에 흔들리고 계실까요? 도종환 시인 말이 흔들리지 않고 피는 꽃은 그 어디에도 없다지요.

느림의
미학

"갈빗집 하는 남편을 위해서 주말 농장을 분양받아 쌈 채소를 키우고 있는데, 혼자 하다 힘들어서 어제 처음으로 남편을 데리고 갔습니다. 그런데 제가 한 고랑 딸 때 남편은 4분의 1도 못 따는 거 있죠? 속 터져서 원. 사람이 왜 이렇게 굼뜰까요? 다시는 시키지 말아야지!"

굼벵이과(?)의 남편을 둔 어느 중년 아내의 사연.

"굼뜬 게 아니라 하기 싫으니까 남편이 작전 썼구만, 뭘. 다시는 안 시킬 게 아니라 자주 데리고 가서 자꾸 시키세요. 작전 포기하게."

아마도 DJ는 이런 내용의 코멘트를 했던 것 같습니다. 그러자 일부러 그러는 건지, 태생이 그런 건지 느려 터진 누구 때문에 속 터진다는 사연들이 문자 게시판을 앞다투어 채우기 시작했습니다.

계절

"상가 주택에 사는데, 갑자기 화재 경보가 울리더라고요. 저는 아이들이랑 한걸음에 뛰어나왔는데 남편이 한참 동안이나 안 나오는 겁니다. 나중에 알고 보니 그 와중에 옷 골라 입고, 새 신발 찾아 신느라 늦었다네요. 화재 경보가 실수로 울렸으니 망정이지, 진짜 불난 거였으면 어쩔 뻔 했어!"

"엊저녁에 잠자리에 누운 아내가 갑자기 깔깔거리더라고요. 깜짝 놀라서 '당신 왜 그래? 무슨 일 있어?' 했더니, 아내가 하는 말. '어, 어제 아침에 들은 이야기가 너무 웃겨서.' 하, 이 정도면 느려도 너무 느린 거 아닙니까?"

"저는 지금 엄청 먹으면요, 한 달 뒤부터 살이 쪄요. 대단히 느린 몸이에요."

"6살 딸아이가 밥 한 숟가락 먹고 놀고, 또 한 숟가락 먹고 책 읽고, 기본이 1시간이네요. 다 식어서 맛도 없어진단 말이야, 요것아!"

"결혼 10년 만에 득남 했습니다. 느림보 부모가 되기는 했지만 세상에서 가장 밝고 건강한 아들로 키우겠습니다."

컵라면 먹을 때 3분을 못 참아서 뜨거운 물 붓기 무섭게 젓가락으로 휘휘 젓는, 커피자판기에서 커피를 뽑을 때 동작 완료 불이 꺼지기도 전에 컵을 꺼내다가 손가락을 데이는, 버스가 서기도 전에 문 앞에 나와서 서 있어야 불안하지 않은, 사탕을 입에 넣자마자 오도독 오도독 깨 먹어버리는, 고깃집에서 고기 구울 때 다 익었는지 쉴 새 없이 뒤집어보는 우리들 성격에 조금만 느긋하게 굴어도 '느려 터져서 남의 속 터지게 하는 사람'으로 취급당하기 십상이지요.

그래서인지 사람들은 평소엔 사자에게 쫓기는 토끼처럼 헐레벌떡 달리다가 비싼 비행기 값을 들여 제주도로 날아

갑니다. 욕먹지 않고 당당하게 마음껏 느리게 굴 수 있는 '올레길'을 찾아서 간세다리(게으름뱅이를 뜻하는 제주도 방언)처럼 쉬엄쉬엄 느리게 놀면서 걸어보려고.

하지만 간세다리처럼 걸어야 하는 길은 우리의 일상 위에 더 많이 놓여 있는지도 모릅니다. 가끔은 바쁜 대로를 벗어나 골목길로 들어서 작정하고 느릿느릿 걷는 시간들이 필요하지 않을까요? 그래야 남의 마음속도 기웃기웃 거릴 수 있고, 두런두런 이야기도 나눌 수 있고, 쓰담쓰담 머리를 쓰다듬어줄 수도 있고, 토닥토닥 등을 두드려줄 수도 있을 테니까요.

산타 '스크루지' 할아버지

성탄절이 가까워지면 아이들은 그 무렵의 독한 추위보다 더 독해집니다. 야단을 맞아도, 자전거 타다가 넘어져도, 친구들과 싸워도, 동생이 장난감을 뺏어가도, 형이 사탕을 안 줘도 웬만해선 울지 않고 독하게 참아내죠. 그래야 산타클로스 할아버지한테 선물을 받을 수 있으니까요.

'♪ 산타 할아버지는 우는 아이에겐 선물을 안 주신대'

사람들이 만들어낸 오해일 확률이 99.9%이지만 어쨌든, 세상에서 제일 유명한 캐럴 속의 산타 할아버지는 스크루지 할아버지 못지않게 속이 좁은 것 같습니다. 우는 애들일수록 달래주고 나쁜 애들일수록 좋은 쪽으로 선도해야지요. 우는 애, 안 우는 애, 착한 애, 나쁜 애 따져가면서 선물을 주시다니요?

세상은 그랬으면 좋겠습니다. 아등바등 어떻게든 또 일

년을 살아낸 연말에는 울었건, 안 울었건, 잘했건, 잘못했건 묻지도 따지지도 말고, 사람 가리지 말고 구멍 난 우리의 양말 속에 아주 작은 기념품 하나라도 넣어주기를.

크리스마스 선물이라며 청취자가 보내온 노란 귤 한 상자가 건조한 입안에서 달콤하게 퍼집니다.

어디까지
왔니?

            꽃 축제, 먹거리 축제, 단풍 축제, 얼음 축제……. 계절이 바뀔 때마다 세상은 축제 철이 됩니다. 계절의 입장에서는, 자연의 시각에서는 물음표를 던질 수도 있을 것 같네요.

'때가 돼서 온 것뿐인데……. 때가 돼서 물들고 피어나고 살이 차오르는 것뿐인데, 아무것도 안 한 인간들이 왜 이렇게 호들갑이야?'

이렇게 대답해주고 싶습니다. 살아 보니 기다리고 또 기다려도 오지 않는 것들이 많더라고, 철석같이 약속을 해놓고도 안 오는 것들도 많더라고, 그래서 때맞춰서 제때에 오는 것이 얼마나 대단한 일이고 고마운 일인지 알겠더라고. 그리고 미안하다고도 말해주고 싶습니다. 때 되면 오고 가는 것에 익숙지 않다 보니 더 얼른 오라, 더 얼른 가라 자꾸 보채서 미안하다고.

계절

생각해보니, 20년간 라디오 작가로 일하면서 가장 짧게 쓴 오프닝 멘트도 때 되면 알아서 올 계절에 대한 보챔이었네요. 대서大暑도 지나지 않은 한여름에 썼던 단 한 줄짜리 오프닝.

'가을아, 어디까지 왔니?'

인생의
봄날

동네에서 작은 빵집을 하는 친구가 어느 날 우는 소리를 합니다.

"장사가 아예 안 되면 접기라도 하지. 될 듯 말 듯하니까 그만둘 수도 없고, 사람 미치겠다. 조금만 하면 될 것 같은데……. 그 조금만이 뭔지 모르겠단 말이야."

재수를 넘어 삼수, 사수, 오수를 하는 대학 입시 수험생들이나 공시생들도 마음은 비슷하겠지요. 얼토당토않은 점수면 마음을 접을 텐데, 매번 붙을 듯 말 듯하니까 포기도 안 되고 미칠 노릇. 1, 2점만 올리면 될 것 같은데, 왜 그 1, 2점이 오르질 않는지.

생각해보면 안 되는 것보다 더 우리의 애간장을 녹이는 건 될 듯 말 듯하고, 알 듯 말 듯하고, 잡힐 듯 말 듯하고, 줄 듯 말 듯한 것들인 것 같습니다.

하긴 위대한 자연의 봄도 올 듯, 말 듯, 온 듯, 아닌 듯하게 오는데 하물며 인간의 봄이 쉽게 오지는 않겠지요. 성급하게 보채면서 몸살 나지 않기를. 조금 더 담대하게 인생의 봄날을 기다리면서 작은 잎사귀 하나부터 열심히 싹틔울 수 있기를.

코끼리의
귀

코끼리의 귀는 240km 떨어진 곳의 빗소리도 들을 수 있다고 합니다. 가만있자, 240km면 서울에 앉아 있어도 대구에서 내리는 빗소리가 들리겠네요. 코끼리들이 빗소리에 민감한 이유는 건조한 초원에서 살고 있기 때문이라지요? 어떻게든 빗소리를 잘 감지해서 비가 오는 지역으로 이동을 해야 하니까요. 그러니 코끼리의 귀는 일종의 GPS인 셈입니다.

그런데 코끼리의 귀만큼이나 빗소리에 민감한 귀가 또 있는 것 같네요. 바로 당신과 나, 우리들의 귀. 빗소리를 감지하는 순간 GPS를 단 것처럼 우리 마음은 추억을 향해 고개를 돌리고 이내 그리운 얼굴들을 쫓게 되니 말입니다. 그래서 비가 오는 날이면 청취자들에게 자주 묻곤 합니다.

'오늘 같은 날, 누가 생각나세요?'

겨울나기
노하우

        12월 중순, 아침 신문에 때 아닌 개나리 사진이 실렸습니다. 부산의 한 공원에 개나리가 꽃망울을 터트렸다는군요. 기사의 제목은 '철없는 개나리'. 그날은 아마도 많은 라디오 작가들이 이 개나리 소식을 원고에 썼을 겁니다. 나도 그랬고요.

철없이 배짱만 좋은 개나리하고는 달리 겨울이 제철인 꽃들도 찾아보면 꽤 있습니다. 10월부터 12월까지 꽃을 피운다는 '애기동백'. 개구리들이 겨울잠에 들 무렵부터 새순을 낸다는 '개구리발톱'. 겨울 하늘의 별빛을 닮았다는 '별꽃'도 그렇고요. 그런데 이런 겨울 꽃들은 추위를 이겨내야 하는 대신 봄에 피는 꽃들보다는 아무래도 미모 경쟁이나 병충해로부터 비교적 자유로울 수 있다는군요.

꽃들에게 두 가지 겨울나기 노하우를 배워봅니다.
철을 잊고 살거나, 지금이 제철이다 하고 살거나.

내림차순

언제 나이 들었다고 느끼세요? 교통
경찰관이나 군인들이 아저씨가 아니라 조카로 보일 때?
후배들이 내 앞에서 고개 돌리고 술 마실 때? 예전엔 멀리
있는 게 안 보였는데, 이제는 가까이 있는 글자가 안 보일
때? 아니면 앉았다 일어날 때마다 '끙' 소리를 낼 때?

나는 인터넷사이트에 회원 가입을 할 때 느낍니다. 생년월
일을 입력해야 하는데 대개 연도가 2018년부터 내림차순
으로 정리돼 있거든요. 1972년을 찾아서 클릭하려면 스크
롤바를 한참이나 내려야 하지요.

하지만 여전히 좋아하는 아이돌 그룹의 컴백에 설레고, 드
라마 속 남자주인공의 샤워 신scene에 심장이 콩닥거리고,
첫눈에 반하는 만남을 기다리는 나이. 여전히 앞에 있는
날들이 설레고 불안한 나이.
혹시, 철 드는 것도 내림차순인가요?

며칠이라는
긴 시간

러브 스토리의 대명사 〈로미오와 줄리엣〉은 5일간의 사랑 이야깁니다. 첫눈에 반한 두 사람은 만난 지 이틀 만에 결혼을 하고, 만난 지 닷새째 되는 날 죽음으로써 불멸의 사랑을 완성하지요.

그런가 하면 우리나라 직장인들의 평균 여름휴가 기간은 5일도 되지 않습니다. 고작 3박 4일. 그래도 이 3박 4일이 있어서 우리의 김 대리는 1년을 견디고, 이 3박 4일을 위해서 우리의 박 과장은 박봉을 모아 모아 적금을 들지요.

세상에 너무 짧은 시간이란 없습니다. 짧고도 짧은 며칠도 어쩌면 그 어떤 것을 하기에도 충분한 시간이 아닐까요?

어룰
없이

'…… 어룰 없이 오는 비에 봄은 울어라.'
- 김소월, 〈봄비〉 중에서

'어룰 없이'에 밑줄 쫙. '어룰 없이'는 '얼굴 없이 또는 부질
없이, 덧없이'라는 뜻입니다. 어룰 없이 봄비 내리는 날, 우
리의 마음은 어떤가요?

한 비만클리닉의 조사 결과를 보니까 비가 오는 날에는
맑은 날보다 더 빨리 배가 고파지고, 식욕도 더 증가한다
고 합니다. 또 외부 활동에 제약을 받기 때문에 한곳에 앉
아서 음식을 먹고 술을 마시려는 성향도 강해지고요.

오늘 봄비가 내리고 있다면 조금 조심해야겠죠? 자칫 잘
못하면 어룰 없이 오는 비에 봄은 울고 몸은 불어라.

까치밥

'햇밥, 감투밥, 고두밥, 헛제사밥, 눌은 밥, 밑밥, 언덕밥, 연밥, 까치밥.' 이 중에서 진짜 밥이 아닌 것은 몇 개일까요?

정답은 세 개. '밑밥, 연밥, 까치밥.' 아시다시피 밑밥은 고기나 새에게 미끼로 던져주는 먹이이고, 연밥은 연꽃의 열매, 까치밥은 감을 수확할 때 까치 같은 날짐승이 먹으라고 나뭇가지에 두세 개씩 남겨두는 감이지요.

나뭇가지에 달랑달랑 달려 있는 까치밥을 떠올리면 밥그릇 위까지 수북이 담아놓은 감투밥보다 배부르게 느껴지곤 합니다. 배고픈 까치가 쉬면서 먹고 가라는 그 부유하고 따뜻한 여유 때문이겠지요? 자연에게나 인생에나 가을은 수확의 계절입니다. 그러나 이처럼 베푸는 계절이기도 해야 될 텐데요.

아니
벌써

20대에는 시간이 시속 $20km$로 가고, 30대에는 시간이 시속 $30km$로 가고, 40대에는 시간이 시속 $40km$로 간다는 말은 그냥 우스갯소리나 엄살이 아닙니다. 실험에 따르면, '눈을 감고 1분이 지났다고 생각될 때 스톱을 외치라'는 미션을 주었을 때 어린아이들은 1분이 되기 전에 스톱을 외치는 경우가 많고, 어른들은 1분이 지난 후에 스톱을 외치는 경우가 많다더군요. 다시 말해서 나이가 들수록 시간 가는 줄 모르고 있다가 '어? 시간이 벌써 이렇게 됐나?' 뭐 이러면서 산다는 거지요.

그 이유는 대부분의 일상이 이미 경험해본 일이라 호기심도 떨어지고 긴장감도 떨어지기 때문이라고 합니다. 그러니 가는 세월을 조금이라도 잡으려면 뭔가 새로운 경험을 해야 할 텐데…… 적당히 돈 많이 안 들이고 시간도 많이 잡아먹지 않으면서 남들 신경 안 쓰고도 할 수 있는 일을 찾다 보니 그것도 머리카락 빠지고 잔주름 느는 스트레스입니다.

그래서 알아서 변해주는 세상이 조금은 고맙습니다. 새로운 계절과, 새로운 유행과, 새로운 언어들과, 새로운 인연들이 우리의 갈 길 급한 시계를 조금이나마 늦춰주지 않을까요?

생장기

우리 몸에 나 있는 모든 털은 세 단계의 주기를 반복한다고 합니다. 새로운 털이 나고 자라는 생장기, 점점 가늘어지는 퇴행기, 그러다가 슬슬 빠지는 휴지기. 생장기, 퇴행기, 휴지기, 생장기, 퇴행기, 휴지기, 생장기 ……

그런데요. 이렇게 같은 주기를 반복하는데 눈썹은 왜 머리카락보다 한참이나 짧은 걸까요? 그건 바로 생장기가 짧기 때문이라고 하네요. 머리카락은 2년에서 6년 정도 오래 자라지만, 눈썹은 고작 4주에서 8주 정도만 자라다 말기 때문이지요.

우리의 생장기는 긴 편일까요? 짧은 편일까요? 키는 10대 이후로 크지 않고 있지만 우리에겐 아직 더 커야할 것들, 마음만 먹으면 아직 더 키울 수 있는 것들이 분명 더 있을 겁니다. 배포, 사람 보는 눈, 이해심, 용서하는 마음, 그리고 …… 또 그리고 …… 또 그리고 …….

만종 말고
망종

24절기 중 아홉 번째 절기인 '망종芒種'. 소한小滿과 하지夏至 사이 매년 음력 5월에, 양력으로는 6월 6일 무렵 우리를 찾아오는 절기입니다. 까끄라기 망 자에, 종자 종 자를 쓰는데 '까끄라기'라는 건 곡식 끝에 길게 난 수염 같은 것. 그러니 망종이란 보리나 밀처럼 까끄라기가 달려 있는 곡식들을 걷어드리는 시기지요.

망종이 지나면 보리가 더 이상 익지 않고 오히려 수확이 낮아지기 때문에 눈 딱 감고 베어야 하는 게 이 망종이란 절기인 셈입니다. 그래야 가을 곡식인 벼나 수수의 씨를 뿌릴 수 있으니까요.

살다 보면 성에 덜 차도 눈 딱 감고 끝내야 할 때가 있고, 성에 덜 차도 눈 딱 감고 시작해야 될 때가 있습니다. 우리 도 망종의 절기를 놓치지 않기를.

가을날은
그렇더라

외로움과 쓸쓸함의 차이. 외로움이란 문득 울고 싶다는 생각이 드는 것이고, 쓸쓸함이란 울어도 변하는 건 아무것도 없다는 걸 이미 알고 있는 것이라더라.

기억과 추억의 차이. 기억은 머릿속에서 살지만, 추억은 가슴속에서 사는 거라더라. 기억은 지우려 할수록 흐릿해지지만, 추억은 지우려 할수록 또렷해진다더라. 기억은 컴퓨터에 방치돼 있는 디지털 사진들이지만, 추억은 앨범 속에서 점차 색이 바라지는 필름 사진이라더라.

그냥 가을날과 마흔다섯의 가을날은 외로움과 쓸쓸함처럼, 기억과 추억처럼 다르게 오더라. 그냥 그런 차이가 있더라.

사랑

나의 삶을
살게 해주는
것

닭다리가
뭐라고

운동 삼아 아파트 근처의 산책로를 걷고 있었습니다. 저녁 8시 무렵의 산책로는 든든히 먹은 저녁을 소화시키기에 딱 좋고, 걷는 속도도 사람마다 고만고만하다 보니 패키지 단체 관광객들처럼 줄지어서 걸어야 하는 경우가 많지요.

그날의 워킹 파트너는 중년의 한 여인. 처음엔 말없이 파워 워킹을 하던 그녀가 갑자기 누군가에게 전화를 걸었습니다.
"어, 나야. 통화 되니? 하…… . 소화가 안 돼서 걸으려고 나왔는데 속불火中이 올라와서 도저히 참을 수가 있어야지."

아마도 전화를 받은 사람은 그녀의 친한 친구요, 속불의 원인은 남편인 것 같더군요. 자세한 내막은 알 수 없었지만 마땅치 않게 속 썩이는 남편에 대한 하소연이 20분 넘도록 계속 되기에 앞질러 나가볼까 마음먹었을 때였습니다.

전화기 너머에서 무슨 말이 건너왔는지 여인이 걸음을 툭, 멈춰 서서는 '빽' 소리를 지르는 것이었습니다.

"뭐? 다 똑같다고? 후……. 야, 너. 그 인간이 어떤 인간인 줄 아니? 내가 이 얘기까지는 안 하려고 그랬는데, 30년을 넘게 같이 살아도 나한테 닭다리 한 번을 안 건넨 사람이야, 단 한 번도!"

그녀는 왜 그 닭다리 하나에 그토록 울분을 터트렸던 걸까요? 닭다리가 뭐라고. 또 그녀의 남편은 대체 왜 아내에게 단 한 번도 닭다리를 주지 않은 걸까요? 닭다리가 뭐라고.

사람에게 느끼는 서운함이란 크기의 순서대로 마음에 자리 잡는 것은 아니지요. 오히려 큰 서운함은 '어쩔 수 없겠거니, 실수였거니, 원래 그런 인간이겠거니, 나도 그 상황이면 그럴 수 있겠거니' 하면서 접어두고 포기해버리면 되는데, 사소한 것에서 느낀 서운함일수록 마치 여린 손톱

밑에 박힌 작은 가시처럼 가슴에 박힙니다. 그리곤 남 몰래 또는 자신도 모르게 곪았다가 어느 순간 입 밖으로 터져버리곤 하지요.

그러니 잊지 말고 늘 기억해야겠습니다. 그도, 그녀도 입이 있다는 걸. 그리고 닭다리도 두 개라는 걸.

달달한 연애를
해야 하는 이유

벌들은 꿀을 찾아다니고, 곰들도 꿀을 좋아하지요? 개미들도 설탕 냄새를 맡으면 떼 지어 몰려듭니다. 입맛 이전의 본능 문제. 생명을 유지하는 데는 당 섭취가 필수니까요.

그런가하면 한참 더 먹어야 할 김치가 폭삭 시었을 땐 설탕을 넣으면 신맛이 줄어들고, 떡볶이가 너무 매울 때도 설탕을 넣으면 먹을 만해집니다. 또 태양초 고춧가루로 나물을 무치느라 손이 얼얼해지면 어머니는 손을 담글 따뜻한 설탕물을 내오실 겁니다. 당분이 중화제인 셈이지요. 건강을 위해서는 심심하게 먹는 게 좋다곤 하지만 살다 보면 당분이 필요한 순간이 분명 있기 마련이에요. 입맛 이전의 본능 문제.

인생의 쓴맛을 보고 난 다음, 매운 맛을 보고 난 다음에는 가끔은 취향이 아닌 달달한 멜로 영화도 보고, 달달한 연애소설도 읽고, 달달한 진짜 연애도 해야 하는 이유입니다.

자존감의
문턱

방송 작가들 사이에서는 누구 한 사람 관을 짜서 나와야 생기는 게 라디오 작가 자리라는 말이 있습니다. 한 라디오 프로그램에 작가는 보통이 둘, 많아야 셋. 그만큼 수요가 적어 경쟁률이 높은데다 방송사의 개편이 주로 봄가을이니 큰돈은 안 돼도 웬만하면 6개월은 고정 수입이 생긴다는 점이 프리랜서 작가들에겐 큰 매력일 수 있으니까요.

하지만 어쩌다 자리가 난다 한들 눈이 오나 비가 오나 매일 시간 내에 써내야 하는 원고량과 밀려드는 섭외량에 기가 눌려 하차하는 경우도 적지 않습니다. 주 7일 생방송을 맡은 작가들에겐 매일 마감하는 긴장감은 밥 먹는 것과 같은 일상이요, 방송 5분 전까지 오프닝 멘트를 단 한 줄도 쓰지 못하는 꿈은 흔한 악몽이지요.

이런 곳에서 20년을 버티고 있다는 기특함. 어린 시절에 꿈꿨던 라디오 작가가 되었으니 꿈을 이뤘다는 자부심.

당대 최고의 석학들과 문화예술인들을 섭외했을 때의 으쓱함. 음악인들의 멋진 라이브를 눈앞에서 들었을 때의 행복감. 청취자들과 소통하며 얻게 되는 지혜와 감동들.

'그래, 통장 잔고보다는 하고 싶은 일을 하면서 사는 게 더 큰 능력인 거야!'

그런데 이런 자부심과 자존감을 말 한마디로 한순간에 무너트리는 사람들이 있습니다.

'너는 드라마 안 쓰니? 드라마를 써야 돈을 벌지. 야, 라디오 작가 그거 언제까지 할 수 있을 것 같은데?'

어디 저만 겪는 일일까요? 늦지 않게 승진도 하고 있고, 내년엔 대출 조금 끼면 인in 서울에서 전세 탈출도 할 수 있을 것 같고, 이만하면 또래들보다 앞서고 있다 생각했는데 사업으로 돈 좀 벌었다는 친구가 간만에 소주 한잔 사

준다고 불러내서는 병나발을 불게 합니다.

"회사 생활하기 힘들지? 너도 내년이면 학부형 될 텐데 돈은 좀 모았냐? 하긴 쥐꼬리만한 월급으로 빚 안지고 사는 것만으로도 신통방통하다. 너 혼자 벌어서 힘에 부치긴 해도 제수씨가 살림은 잘하나 봐? 근데 넌 왜 사업 안 하니? 학교 다닐 땐 똑똑하단 칭찬은 혼자 다 듣고 다녀서 큰일하고 살 줄 알았더니."

그뿐인가요? 입을 거 안 입고, 먹을 거 안 먹으면서 겨우 내 집 장만했더니 집들이에 온 손아래 동서가 속을 뒤집기도 할 테지요.

"형님, 집이 정말 아담하네요. 하긴 집 넓으면 청소하기만 힘들죠, 뭐. 저희 집 보세요, 거실 청소하는 데만 반나절이 잖아요."

바다가 파란 이유에 대해 누군가는 이렇게 이야기했더군요. 바다가 파란 건 멍이 든 거라고. 너무 고요해서 바다가 썩지 않도록 바람이, 빗줄기가 찰싹찰싹 바다를 깨우고 있기 때문이라고.

아주 잘은 아니어도 그럭저럭 정도는 잘살고 있다고 생각했는데 어느 날 내 자존감의 문턱을 허락도 없이 넘어와서는 마음속에 바람을 만들고 굵은 빗줄기를 뿌리는 사람들이 있습니다.

'그렇게 살면 안 되는 거야. 왜 겨우 이 정도밖에 못 사니?'

어떤 바람이, 어떤 빗줄기가 잔잔한 나의 바다를 때리러 올까요?
오늘은 도망가야지.

거울의
거짓말

"네 살 아이와 앨범을 보는데 아이가 옛날 제 사진을 보면서 '아빠, 이 잘생긴 아저씨는 누구야?' 하고 묻더라고요. '어, 아빠 젊었을 때야.' 하고 거울을 봤는데, 사진 속의 근육질 미남은 어디로 가고 머리는 겨울 벌판에다 뱃살만 볼록한 아저씨가 앉아 있네요. 순간, 너무 서글퍼졌습니다."

동화 〈백설공주〉의 비극은 요술 거울의 한마디로부터 시작됐죠.

"거울아, 거울아. 이 세상에서 누가 제일 예쁘니?"(왕비)
"백설공주가 제일 예쁩니다."(거울)

요즘 당신은 거울을 통해서 당신의 어떤 모습을 보고 있나요? 지난주보다 더 볼록 나온 아랫배? 날로 두툼해지는 이중 턱? 곰치 살처럼 흐물거리는 팔뚝 살? 자유분방하게 솟아난 기미와 잡티?

아니, 그것은 거울의 거짓말일 수도 있습니다. 거울은 때때로 장점이 아니라 단점만을 부각해 타인이 보는 우리의 모습보다 훨씬 야박하게 우리를 투영하기도 하지요. 게다가 거울은 종종 더 무서운 거짓말도 태연하게 합니다. 아니, 정확히 얘기하면 거울에 비친 우리가 하는 거짓말이겠지요.

'너는 이제 끝이야. 다시는 일어설 수 없을 걸…….'
'아침은 오지 않아. 봐, 이렇게 칠흑처럼 어둡잖아.'
'사랑은 끝났어. 그 사람이 내게 그렇게 말했잖니?'
'너무 애쓰지 마. 그런다고 지금까지 달라진 건 없었잖아.'

어리석게 속지 말아야 합니다. 진짜보다 더 진짜 같은 모조처럼 그 속삭임은 진짜 같은 거짓말에 불과하고 거짓말이 될 수 있는 말이니까요. 때로는 거울보다는 제 눈의 안경으로 자신을 봐야 하지 않을까요?

세상에서 제일 예쁜 사람을 한 글자로 줄이면 ……
나.
세상에서 제일 멋있는 사람을 두 글자로 줄이면 ……
또 나.
세상에서 제일 매력 있는 사람을 세 글자로 줄이면 ……
역시 나.
세상에서 제일 일 잘하는 사람을 네 글자로 줄이면 ……
그래도 나.
세상에서 제일 사랑스런 사람을 다섯 글자로 줄이면 ……
다시 봐도 나.

사랑

저주고
싶을 때

　　　　　세상을 살아가는 생명체 중에서 사람
만큼 고집이 센 존재도 없을 겁니다. 세월이 바쁘게 계절
을 바꾸고, 계절이 끊임없이 자연을 바꿔도 자기만의 사고
방식을 고집하며 살아가는 사람들.

하지만 고래 힘줄 같은 고집도 꺾일 날이 있지요. 사랑이
란 천적을 만났을 때.

사랑이
뭐에요?

　　20대 중반을 살고 있는 막내 작가 C가 말했습니다. 어디서 듣고 왔는지, 사랑에도 단계가 있다나요. 모든 것이 기적처럼 느껴지는 1단계. 두 사람이 사랑이 빠지고 3개월에서 6개월 동안은 상대방이 커피 잔을 만지는 모습만 봐도 가슴이 떨리는 경험을 하게 된다고 합니다. 다음은 '넌 변했어'로 대표되는 갈등의 2단계와 서로를 잘 맞는 파자마처럼 편안하게 느끼는 3단계를 거쳐 편하다 못해 지루해지는 시기로 이어지니 일명 '너만 보면 나는 잠이 와' 단계인 4단계.

"선배님, 이 4단계까지 통과하면요. 두 사람만이 느낄 수 있는 지금까지와는 전혀 다른 사랑을 경험하게 된대요. 저는 요즘 겨우 2단계에 접어들어 갈 길이 먼데 4단계 너머엔 어떤 사랑이 있을까요?"

사랑에 빠진 20대가 귀엽기도 하고, 질투가 나기도 해서 마치 사랑의 상처에 인이 박힌 양 검지를 휘휘 저어가며 대답해주었습니다.

"얘야, 벌써 궁금해 하지 말거라. 허상 뒤에는 환멸이란 그림자가 존재한다 하였으니, 사랑을 사랑이라 부르지 못하고 용서와 인내와 눈물로 부르는 단계가 찾아오리라."

4단계 너머에서 사랑을 하고 계신 여러분. 그곳엔 정말, 어떤 모습의 사랑이 있나요? 저희 막내에게 제대로 알려주세요.

본색을
드러내라

나뭇잎에는 녹색의 엽록소 외에도 주황색을 띠는 '카로틴'과 노란색을 띠는 '크산토필' 같은 색소들이 있습니다. 햇볕이 풍부한 봄여름에는 활발한 광합성을 통해 엽록소가 꾸준히 만들어지기 때문에 다른 색소들이 눈에 잘 띄지 않을 뿐이지요. 그러다가 햇볕의 양이 줄고 기온이 낮아지는 가을이 되면 월동 준비 과정에서 엽록소가 파괴되고, 녹색에 가려져 있던 노랑, 주황 색소들이 제 색깔을 드러내게 되는데 이것이 바로 단풍. 언젠가 방송에서 소개한 적이 있는 단풍의 원리입니다.

올 가을엔 괜히 아는 척하면서 동병상련의 마음을 담아 나뭇잎들에게 한마디 건네주실래요?
'너희도 그동안 고생들 했다. 녹색인 척하느라.'

알고 보면 우리도 감추고 사는 색깔이 여럿 있으니까요. 원래 성질이 없는 게 아니라 성질을 죽이고 살고, 못해서 안 하고 몰라서 안 하는 게 아니라 형편상 참고 살기도 하

사랑

니까요.

초록에 가려져 있던 색소들이 본색을 드러낼 때쯤 가을은 감추고 있던 우리의 본색 또한 드러나게 하곤 합니다. 근엄하기만 했던 가장의 얼굴에도 쓸쓸한 고독 비슷한 게 떠오르고, 건조하기만 했던 주부의 얼굴에도 가끔 그리움 비슷한 게 떠오르고, 일하고 결혼했다던 노총각 김 과장도 소주 한잔에 '연애하고 싶다'는 마음을 이실직고하게도 하지요.

먹고 사느라 꽁꽁 감춰둔 당신의 본색은 무엇인가요? 단풍이 물든 계절, 주윤발 못지않은 당신의 그 '가을본색'을 응원합니다.

꿈같은
꿈

"7살 아들이 묻더라고요. '엄마는 꿈이 뭐야?' 근데 말문이
막혔죠. 그리고 며칠 생각을 해봤어요. 전 아들한테는 멋
진 엄마가 되고 싶어요. 어려우면서 힘든 일이죠. '멋진 엄
마가 돼야지!' 하면서 현실은 밥 먹으라고 소리 지르는 엄
마네요."

'꿈이 뭐예요?'

최근에 이런 질문 들어보셨나요? 한 살 두 살 나이를 먹을
수록 사람들은 '꿈'이 뭐냐고 묻지 않습니다. 아마도 이렇
게 생각하는 거겠지요.

'그 나이면 꿈꿀 때는 한참 지났지. 아마 꿈꾸는 법도 이젠
잊었을 거야.'

하지만 그건 오해도 아주 큰 오해입니다. 살아갈수록 꿈
이, 아니 꿈같은 일들이 점점 더 많아지거든요. 언젠가 '요

즘 어떤 꿈을 꾸고 있나요?'라고 청취자들에게 물었더니,
서글픔과 공감이 공존하는 사연들이 도착했습니다.

'딱 한 달만 혼자서 여행 떠나보기'
'가족의 생일날, 입이 떡 벌어지는 선물 주기'
'소리 안 지르는 엄마 되기'
'자정 전에 잠 들어서 정오쯤 일어나기'
'내 집에서 일어나서 내 차 타고 회사 가기'
'싫은 것은 싫다고 큰소리로 말해보기'

워낙 바쁘게 살아서 그럴까요? 아니면 워낙 참고 살아서
그럴까요? 어려운 일도 아닌데 어려워진 일들이 많습니다.
일주일에 책을 한 권 읽는 것도 그렇고, 한 달에 한 번 영화
한 편 보는 것도 그렇고, 원하는 만큼 잠을 푹 자는 것도
그렇고. 그렇다고 이런 일상들을 너무 많이 꿈으로 두지
는 말아야겠지요. 아담한 꿈들이 초라하진 않지만 거창한
꿈이 살아 숨 쉴 자리도 하나쯤은 있어야 하니까.

그럼에도
불구하고

'A 그릇에는 2X%의 소금물 400g, B 그릇에는 X%의 소금물 600g이 들어 있다. A 그릇에서 소금물 100g을 버리고, B 그릇에서 소금물 150g을 덜어서 A 그릇에 섞은 후 B 그릇에는 소금 50g을 넣고 섞었다. 조금 후 A 그릇의 소금물 150g을 B 그릇에 섞은 후 A 그릇에 20%의 소금물 150g을 넣고 섞었더니 A와 B 그릇의 소금물 농도가 같아졌다. B 그릇의 농도는 얼마일까?'
한 수학전문학원 벽에 붙어 있었다는 수학 문제입니다. 방송으로 소개하면서 퀴즈까지 낸 적이 있었는데, 물론 정답을 맞힌 청취자는 한 명도 없었습니다. 수학 잘하는 학생들에게도 어려운 문제였으니까요. 하지만 학생들은 문제를 풀기 위해 너도나도 안간힘을 썼다는데요. 그 이유는 문제 끝에 적혀 있는 한 줄 때문이었습니다.

'이 문제의 답을 4번 반복하면, 와이파이 비밀번호입니다.'
그러니까 문제를 풀어야 와이파이를 무료로 사용할 수 있었던 거지요. 우리 인간을 움직이는 가장 큰 에너지는 역시

'동기'가 아닐까 싶습니다. '그래도', '그럼에도 불구하고' 공부하고 싶고, 일하고 싶고, 노력하고 싶게 만드니까요.

전 세계에 1900개의 매장을 운영 중인 글로벌 SPA 브랜드 ○○○○. 이 브랜드는 반년에 한 번씩 경영 성과, 상품 구성, 매장 관리 등을 평가해 최고의 매장을 선정하는데 2년 연속으로 1등을 차지한 매장은 우리나라에 있습니다. 그리고 매장의 점장은 입사 6년차의 30대 여성이지요. 세계 1등 매장으로 꼽힌 비결을 묻는 인터뷰에서 그녀가 이런 대답을 했더군요.

"비결은 간단합니다. 매장에서 일하는 직원들에게 칭찬을 하거나 납득할 만하게 지적해서 확실한 동기 부여를 심어주는 것입니다. 그러면 그 스태프들이 알아서 1등 매장으로 바꿔주더군요. 옷을 가지런히 정돈하고 매장을 청소하고 부족한 옷을 제때 보충하는 게 중요한데, 이는 직원들이 알아서 하지 않으면 안 되기 때문입니다."

대타
성공

DJ가 휴가를 가거나 사정이 생겨 자리를 잠시 비울 때가 있습니다. 그럴 때 다른 진행자가 며칠 그 자리를 대신하는 데, 흔히 '대타'라는 표현을 쓰지요. 그런데 대타로 왔던 그를, 아니 그들을 다음 개편 때 방송국 복도에서 만날 때가 있습니다. '이번에 프로그램 맡으셨죠? 축하드려요.' 이런 인사를 건네면서. DJ의 전설로 불리는 김기덕 씨도 수습 아나운서 시절, 대타로 라디오 프로그램을 한 번 진행했던 게 운명의 계기가 되었다지요. 대타 성공.

라디오방송뿐만 아니라 연예계에서도 심심찮게 볼 수 있는 것이 대타 성공담입니다. 영화 〈매트릭스〉의 주인공 '네오' 역은 윌 스미스가 거절하면서 키아노 리브스에게 주어졌고, 드라마 〈겨울연가〉의 여주인공은 최지우 씨가 아니라 김희선 씨에게, 〈대장금〉의 여주인공은 이영애 씨가 아니라 송윤아 씨에게 먼저 제안되었다고 하지요? '유느님'으로 불리는 유재석 씨도 홍석천 씨의 대타로 한 게임 프로그램에 출연했다가 빵 떴다는 사실은 매우 유명한 일화니까요.

그러니 우리, 친구 대신 나가기 싫은 소개팅을 나가게 되더라도, 기대했던 호텔 뷔페 대신 김밥 한 줄로 점심을 때우게 되더라도, 간절히 원했던 휴식 대신 갑작스레 당직을 서게 되더라도 너무 슬퍼하거나 노여워하지 말기로 해요. 어쩌면 우리에게 주어진 건 대타가 아니라 대박일 수 있으니.

신호

                      몸이 아플 때 아기들은 부모에게 신호를 보내지요.
'응애, 응애~.'

배가 고플 때도 아기들은 부모에게 신호를 보냅니다.
'응애, 응애~.'

아기들에게 울음은 언어이자 생존 전략인 셈인데요. 한 연구 결과에 따르면 아기들은 부모의 관심을 끌기 위해서, 다른 형제자매보다 더 사랑받기 위해서 가짜로 울기도 한다는군요.

아기에게 '울음'이라는 단순한 신호가 있다면 우리 어른들에게는 더 다양한 신호들이 존재합니다. 별것도 아닌 일에 화내고, 짜증내고, 갑자기 약속을 취소하고, 말 문을 꾹 닫아버린 그와 그녀의 행동들. 어쩌면 일종의 신호는 아니었을까요?

'나에게 조금 더 관심을 가져주세요.'
'나를 조금 더 사랑해주겠니?'

사랑이란

사랑은 상대방을 편안하게 해주는 것과 더불어 지각 있게
논쟁하고, 투쟁하고, 맞서며 몰아대고, 밀고 당기는 것이다.
– 스캇 펙,《아직도 가야 할 길》중에서

생각해보면 우리는 엄마 앞에서 투정부리는 어린아이 같
은 면이 있는 것 같습니다. 이거 해달라, 저거 해달라 졸라
대면서 들어주지 않으면 금방 삐치고, 화내는 어린애.

하지만 해달라는 대로 다 해주고, 하고 싶은 대로 다 하게
해주는 게 사랑은 아니지요. 세상이 우리를 사랑하는 방
법도 마찬가지 아닐까요?

인간의
일생

약 81번의 목 잠김, 약 483번의 경련,
약 868번의 두통, 약 725번의 요통, 약 242번의 근육통, 약
181번의 크고 작은 화상, 약 2989번의 작은 충돌 사고.

80살까지 산다고 가정했을 때, 사흘에 한 번꼴로 상처를
입거나 고통에 시달리는 인간의 일생. 사랑의 묘약이 없으
면 불행한 인간의 일생.

낮은 문

　　　　　이번에도 머리를 너무 높게 들었습니다. 조금만 더 고개를 숙였으면 됐을 텐데, 또 정수리를 부딪치고 말았네요. 세상의 문은 생각보다 낮을 때가 많습니다. 행복의 문도 그렇고, 사랑의 문도 그렇고.

입구가 낮은 문을 안전하게 지나는 법을 우리는 이미 잘 알고 있지요. 인사하듯 고개를 낮추고 되도록 아래를 보면서 천천히 걸어야 한다는 것을.

사랑

후회

포기하지
않는 한
끝나지
않는다

혹시나
해서

강원도 고성 대진항, 새벽 3시 30분.
출어 준비를 하는 어부들에게 기자가 물었습니다.
"일찍 나가시네요, 요즘 고기가 많은가요?"
그러자 30여 년차 어부가 건네 온 대답.
"고기가 많아서 나가나, 어디? 혹시 있나 하고 가보는 거지."

언젠가 한 신문에서 읽은 기사의 내용입니다. 기사를 읽으
면서 우리네 인생을 한 단어로 표현한다면 '혹시나'가 아
닐까 하는 생각이 들었습니다. 고기도 줄고, 관광객도 줄
고, 돈벌이도 줄었지만 '오늘은 혹시나 고기가 있지 않을
까' 하고 새벽 바다로 나가는 어부들처럼 '오늘은 혹시나
다르지 않을까?', '내일은 혹시나 나아지지 않을까?', '앞
으로는 혹시나 잘 되지 않을까?' ……

'혹시나' 하는 희망에 속아주고 사는 게 인생은 아닌지.
뭐, 속다 보면 믿게 될 날도 오긴 오겠지요. 그동안 속고,
속고 또 속았으니 오늘이 바로 그날이어도 좋겠네요.

후회

타인이라는
희망

10년 만에 분식집 폐업 신고를 하고 멀찍이 떨어져 패잔병처럼 돌아오던 부부는 거리의 붕어빵 집에서 팔다 남은 붕어빵을 서로의 입에 넣어주는 노부부의 모습을 보고 슬그머니 서로의 손을 맞잡았다고 합니다.

교통사고로 두 다리를 크게 다쳐 절망에 빠져 있던 30대 회사원은 머리에 붕대를 칭칭 감고 있으면서도 장난을 치며 병실을 뛰어다니는 암 병동의 꼬마 환자를 보면서 나약해진 마음을 닦아냈다고 합니다.

청취자들에게 실제로 전해 받은 사연들입니다.

희망은 내 마음속에만 존재하는 것은 아닌 듯해요. 어느 날 내 안에 있던 희망이 흔적도 없이 사라졌을 때, 그래도 이 세상엔 희망 같은 타인들이 살고 있어서 우리는 다시 한 번 용기를 내어 행복의 주문을 외워봅니다.

태풍 속에서
춤추는 법

그는 자신을 50대 후반의 청취자라고 했습니다. 김포에서 출발하여 새벽 3시 8분 수원에 도착해 사연을 쓰고 있다는 그는 몇 년 전까지만 해도 직원 28명을 둔 제법 잘 나가는 사업가였다고 합니다. 그의 표현에 의하면, 대형 마트 프랜차이즈를 하는 기업의 '갑질'로 수많은 날들을 노력해 일군 성공이 한순간에 무너졌고 무일푼이 되어 산속으로 들어가 3년을 숨듯이 살다가 아예 인생을 포기하려고도 했었다는 중년 남자. 그러다 살아 숨쉬기 위해 새로운 인생을 시작했다는 그는 이렇게 자신의 근황을 전했습니다.

'자존심과 욕심을 버리고, 지금 그대로의 모습을 인정하고 나니 한결 마음이 편안합니다. 인생 재도전을 위해 운전대를 잡고서 밤이면 어둠 속에 불을 밝히며 도로를 달립니다. 머릿속에 남아 있는 생각마저 날려봅니다.'

사연과 함께 그가 듣고 싶다고 신청한 노래는 아바의 〈댄

후회

싱 퀸〉. 캄캄한 새벽길을 달리는 동안 그가 '머릿속에 남아 있는 생각' 대신 떠올린 것은 카세트를 틀어놓고 친구들과 신나게 춤을 췄던 학창 시절의 추억이었던 모양입니다. 신청곡을 들으면서 그는 〈댄싱 퀸〉의 경쾌한 리듬에 맞춰 운전대를 쥔 두 손을 까닥거리거나 어깨도 잠시 들썩거리지 않았을까요?

그가 사연의 끝에 보고 싶다며 길게 나열했던 이름들.
'찬호, 본완, 종범, 병진, 세종, 진호, 은정, 정애, 숙자, 영환……'
그 시절의 또 다른 댄싱 퀸, 댄싱 킹들은 지금 어떻게 살고 있을까요? 지금 어떤 길을 달리고 있을까요?

영국의 시인이자 작가인 비비언 그린이 말했습니다.

'인생이란, 태풍이 지나가기만을 기다리는 것이 아니라 그 빗속에서 춤추는 법을 배우는 것이다.'

손오공이나
킹콩이나

　　　　"PD님, '불끈불끈 라디오' 어때요? 새
DJ 이미지가 불끈불끈 하잖아. 아니면 '시끌벅적 12시'?
그것도 아니면 '깡통 라디오'?"
"작가님, 우리 DJ가 쾌남 이미지 아닌가? 시원시원하고,
친근하고. 유쾌한 40대의 이미지를 살렸으면 좋겠는데
요."
"쾌남? 글쎄올시다요. 40대 여자가 확신하건데, 40대 남
자는 PD님 생각만큼 쿨 하지 않을걸? 의외로 철없고, 여
전히 불안하고, 센 척하지만 떼쟁이고……. 난 뭐, 그렇지
않을까 싶다."

그룹 캔의 멤버 배기성 씨가 새 프로그램의 DJ로 낙점됐
을 때 PD와 나누었던 대화입니다. 틈만 나면 서로 이마를
맞대고 산통을 겪어보지만 좀처럼 나오지 않던 '이거다' 하
는 이름. 프로그램 이름도 이름이거니와 DJ에게 그럴 듯한
애칭도 하나 만들어주고 싶어서 고민은 두 배가 되었지요.

자, 작가야. 어서 동물적인 감각을 발휘해보라고. 응? 동
물? 그러고 보니 기성 씨가 킹콩을 좀 닮았네. 순간 콩콩
콩 뛰는 가슴.

"저기요, PD님. 우리 기성 DJ 킹콩 같지 않아요? 킹콩보다
는 귀여우니까, 애칭은 애완 킹콩! 그리고 프로그램 제목
은 '라디오킹' 어때요? 애완 킹콩 배기성이 진행하는 '배기
성의 라디오킹'!"
"오, 청취자를 킹으로 모시는 애완 킹콩! 괜찮다."

이렇게 해서 배 DJ의 방송용 애칭은 애완 킹콩이 되었고,
이 애칭으로 TBS에서 저와 5년을 함께했습니다. 그리고
DJ 애칭이 킹콩이다 보니 이런 내용의 오프닝 멘트를 쓰기
도 했었군요.

"동양에서 제일 유명한 원숭이인 《서유기》의 손오공. 주성
치 주연의 영화 〈서유기, 선리기연〉의 마지막 장면에는 이

런 대사가 나옵니다. '진정한 사랑이 눈앞에 나타났을 때 난 소중히 여기지 않았지. 그걸 잃었을 때 비로소 크게 후회했소. 인간사의 가장 큰 고통은 바로 후회라오.' 서양에서 제일 유명한 원숭이인 킹콩! 영화 〈킹콩〉에서는 짧지만 강렬한 대사가 마지막 장면에 등장하지요. '사랑이 야수를 죽였다!'"

예로부터 원숭이는 지혜롭고 영리하지만 한편으로는 잔꾀 부리다 망하는 캐릭터로 유명합니다. '원숭이도 나무에서 떨어질 때가 있다'는 속담이 있지만 원숭이가 나무에서 떨어지는 일은 생각보다 흔한 일이라고 하는군요. 동물원에 사는 영장류의 10%가 추락으로 생을 마감한다고 하니까요.

오늘 하루만큼은 돈에 속고, 사랑에 속고, 제 꾀에 속지 않기를. 나무에서 떨어지는 원숭이가 되지 않기를.

설마

　　　　　　　'그렇게 잘나가는 그 친구가 설마 주
말에 약속이 없겠어?'
'그렇게나 예쁜 그녀가 설마 아직도 애인이 없겠어?'
'나한테 엄청 화났을 텐데, 설마 그 사람이 날 용서해주
겠어?'

그래도 말이죠. '설마' 하는 마음으로라도, 속는 셈 치고라
도 한번쯤 궁금해 하고, 둘러도 보고, 전화도 해보면 안 될
까요? '설마' 하고 걸었던 전화 한 통이 그 사람의 마음을
잡을지도 모릅니다. 그들도 당신처럼 의외로 외롭고, 의외
로 약하고, 의외로 힘들고 사람이 그리울지도…….

후회
다이어트

       학교 다닐 때 시험 전날에도 그러더니 언제부터인가 개편 전날에도 어김없이 잠이 쏟아집니다. 새 프로그램의 첫 방송 원고를 쓰다 졸다 하다가 도저히 안 되겠다 싶어 차를 끌고 바람을 쐬러 나왔는데 그 시간이 하필 오후 2시 30분. 들을까 말까 망설이다 라디오 주파수를 95.1*MHz*에 맞추니 전날 미리 녹음해 놓은 마지막 방송이 흘러나옵니다.

10분만 듣다 *끄자* 해놓고는 목적지도 없이 외곽순환고속도로를 달리면서 결국 DJ의 눈물기 어린 마지막 인사까지 다 듣고 말았습니다. 하루 사이에도 바뀔 수 있는 작가, 6개월 만에도 헤어질 수 있는 DJ. 그러니 이번에도 서운해하고 후회하기보다는 감사하는 마음으로 배웅과 마중을 해야 하는데 그게 잘 안 됩니다.
'더 고집을 부려서라도 생각했던 그 코너를 해볼걸.'
'게스트로 그 사람도 한번 불러볼걸.'
'마지막 인사에서 저 말은 쓰지 말걸.'

'아, 다르게도 좀 해볼걸.'

한 조사 결과 취업준비생의 78%는 면접을 보고 나와서 후회를 한다고 합니다. '아, 다르게 대답할걸.' 뒤늦게 더 좋은 답변이 생각나서요. 그런데 면접관들도 후회하기는 마찬가지라네요. 82% 정도가 이런 후회를 한 적이 있다고 합니다. '이거 알고 보니 헛똑똑이었고만. 말만 번지르르 했지, 요령이나 피우고. 내가 사람을 잘못 뽑았어. 딴 사람 뽑을걸.' 또 이직을 한 직장인의 67.1%는 '다른 곳으로 옮길걸.', '다른 결정을 할걸.' 하고 후회하고 게다가 결혼은 해도 후회, 안 해도 후회라지요.

이래서 인간은 후회를 먹고 사는 동물이라고 하는 듯하지만, 그래도 되도록 덜 먹고 살긴 해야 할 것 같습니다. 후회, 그거 많이 먹어봤자 술배나 더 찌기 십상이니까요. 우리의 눈이 앞에만 달려 있는 이유도 뒤쪽보다는 앞쪽에 더 신경 쓰고 살라는 걸 테니까요.

사람이니
밟지 마시오

얼마 전 오프닝거리를 찾다가 재밌는 유머를 발견했습니다.

술에 약한 한 신입 사원이 1차, 2차도 모자라 3차까지 달리자는 직장 선배들에게 사정하며 말합니다.

"히끅, 선배님들. 제가 지금도 많이 취했거든요. 필름 끊겨서 집에도 못 가고 길바닥에서 잠이라도 들면 선배들이 책임지실 거예요? 책임지실 거냐고요?"

책임지겠다는 선배들의 말에 마음 놓고 술을 마신 신입 사원. 그런데 다음 날 아침 그는 길 한복판에서 잠을 깼고, 그의 옆에는 이렇게 적힌 종이가 살포시 놓여 있었다네요.

'주의. 사람이니 밟지 마시오.'

'걱정하지 말고 내 말만 들어. 내가 다 책임질게.'
'자기야, 지금부터 자기의 행복은 내가 책임진다. 약속, 정말 약속!'

후회

이 약속을 철석같이 믿었다면 당신은 바보. 정말 바보! 제 몸 하나도 책임지기 힘든 세상에 누가 누굴 책임진다는 말인가요? 죽이 되던, 밥이 되던 결국엔 스스로 책임지게 돼 있는 것이 내 행동, 내 행복, 내 인생인데.

인생의
코너링

초등학교 선생님이었던 아버지는 부동의 운동부 담당이었습니다. 탁구부, 축구부, 배구부, 스케이트부, 배드민턴부……. 학교를 옮길 때마다 아버지가 지도하는 종목도 바뀌었는데 그럴 때마다 운동부 언니, 오빠들을 따라다니면서 새로운 종목들을 체험하는 재미가 쏠쏠했지요.

그중에서 제일 배우기 어려웠던 종목은 스케이트였던 것으로 기억됩니다. 그중에서도 코너링. 두발을 나란히 해서 '11'자로 나가는 건 물려받은 운동신경으로 하루 이틀 배우니 어찌어찌 하겠던데, 오른발 왼발 발을 바꿔가며 중심까지 바꿔 실어야 하는 코너링은 왜 그렇게 늘지 않던지, 왜 자꾸 옆으로 엎어지던지.

스케이트 종목 중에서 코너링을 제일 많이 해야 하는 종목은 아시다시피 쇼트트랙입니다. 그래서 쇼트트랙용 스케이트는 다른 종목의 스케이트보다 날이 조금 더 안쪽에

후회

달려 있고, 날의 방향도 안쪽 방향으로 휘어져 있지요. 쇼트트랙은 왼쪽으로 계속 코너를 돌기에 원심력을 최대한 줄여야 하기 때문입니다.

그 누구의 어떤 인생도 직선 코스만을 질주할 순 없습니다. 우리는 앞으로도 수많은 코너를 돌아야 하고, 매끄러운 코너링을 위해서는 바깥쪽보다는 안쪽에 더 신경을 써야겠지요. 내면의 날을 갈아야 하겠지요.

블랙아웃

　　　　　맞히면 기분 좋고, 못 맞혀도 그만인 수수께끼! '들어갈 땐 조용한데, 나갈 땐 시끄러운 곳은 어디일까요?'

정답은 '술집'입니다. 들어갈 땐 '어색' 열매를 먹은 것처럼 서로 어색하고 서먹했던 사람들도, 취해서 나올 땐 서로 '형님, 아우' 하면서 어깨동무하고 같이 노래도 부르면서 아주 시끌벅적하니까요.

월말이나 연말 풍경도 역시 그렇지요. 새로운 달, 새로운 해年를 시작할 때는 대개 낯을 가리듯 서먹하지만, 파장할 때쯤이면 후회와 기쁨, 행복과 슬픔들로 회식이 막 끝난 선술집 앞 풍경처럼 속이 시끄럽거든요.
이런 유머가 있지요.

어느 술집 앞에서 두 취객이 서 있습니다.
"히끅! 아, 취한다. 친구야, 달 좀 봐라 달! 달이 참 크고 밝

　　　　　　　　　　　　　　　후회

기도 하지."

"친구야, 많이 취했구나. 저게 어떻게 달이냐? 해지. 우리가 밤새 달렸더니 해가 뜬 거야."

"달!"

"해!"

"달!"

"해!"

한참을 싸우던 두 취객이 마침 비틀거리며 지나가던 다른 취객에게 물었습니다.

"저기요. 지금 하늘에 떠 있는 게 햅니까? 달입니까?"

취객이 대답했습니다.

"글쎄요. 난 이 동네 안 살아서 모르겠수다."

월말과 연말의 속 시끄러움이 새 달, 새해까지 계속된다면 우리 이런 마음은 어떨까요? 지난날의 아쉬움과 후회 같은 건 이미 그곳에 안 살아서 모르겠다는 블랙아웃.

끝은
없다

　　　　　　지난 2016년, 한국화가 윤명호 화백의
시골 작업실에 큰불이 났습니다. 70여 점의 그림과 예술품
들이 한줌 재가 되어버렸고, 화재보험도 들지 않아 금전
적인 보상을 받을 길도 없었습니다. 헌데 평생의 역작들이
잿더미가 되던 날, '껄껄껄' 웃었다는 당시 일흔다섯의 원
로 화백.

'혼신을 다해 그림을 그렸지만 결과물은 항상 성에 차지
않더라. 그림 인생 60년을 앞두고 전시회를 준비하면서도
자꾸 마음이 불편하고 망설여지더라. 그러던 차에 불이 났
고, 장고 끝에 답을 찾은 듯이 웃음이 터지더라.'

원로 화백이 밝힌, 마치 도인 같은 웃음의 이유였습니다.

그로부터 1년 6개월 후인 2017년 12월. 전북예술회관 전
시실에서 윤 화백의 한국화 입문 60주년을 기념하는 '백
당 윤명호 한국화전'이 열렸습니다. 화마 이후에 그린 30

여 점의 작품들이 전시되었는데, 그중엔 100호짜리 대작도 있었습니다. '새로 시작하라는 의미인 것 같다. 붓부터 사야겠다.'던 노화백의 이야기는 그냥 자신을 위로했던 말이 아니었던 겁니다.

하늘 같았던 것들이 무너져도 세상은 끝나지 않습니다. 모두 타버렸어도, 다 틀어졌어도, 전부 사라졌어도. 우리가 끝내지 않는 한 끝나는 것은 없습니다.

다락방
귀신

사랑하는 사람이 있는데도 고백을 못
하는 이유는 무엇일까요?
네티즌 가라사대,

3위 혹시나 차일까 봐!
2위 혹시나 차일까 봐!
1위 혹시나 차일까 봐!

나 역시도 그동안 적잖이 '차일까 봐'의 벽에 부딪혀 좋은
인연들을 놓치고 말았지만, SNS에서 이 글을 읽는 순간
문득 어린 시절 다락방이 떠올랐습니다. 초등학교 6학년
까지 살았던 시골의 낡은 2층집에는 작은 다락방이 하나
있었는데, 어쩌나 귀신이 나올 것 같은 포스를 내뿜던지
한동안 낮에도 접근할 엄두를 내지 못했습니다.

엄마 심부름으로 어쩌다 2층에 올라갈 일이 생겨도 행여
나 다락방 문이 열릴까, 저곳에서 무슨 소리라도 들릴까

계단을 후다닥 뛰어서 내려오곤 했었는데요. 어느 날, 친구의 꼬드김에 넘어가 멈칫멈칫 들어가 본 다락방은 그야말로 잡동사니 보물 창고. 꼬마들이 장난삼아 놀던 물건들 천지였습니다. 그 뒤로 다락방은 우리의 비밀 놀이방이 되었습니다.

막상 문을 열어보면 그게 아닌데, 막상 부딪혀보면 그게 아닌데 지레 겁먹고 움츠리는 경우가 어른이 된 우리에게도 많은 것 같습니다. 길고 짧은 건 대봐야 알 듯이 될지 안 될지는 해봐야 알고 인연인지 아닌지는 고백해봐야 알겠지요.

때로는
뒷북을

뒷북치다 〔뒤:뿍치다, 뒫:뿍치다〕
「동사」 뒤늦게 쓸데없이 수선을 떨다.

살다 보면 쓸데가 없건, 쓸데가 있건 눈 딱 감고 뒷북이라
도 치고 싶은 순간이 문득문득 예상보다 자주 찾아오곤
하지요? 뒷북인 걸 알지만 이제라도 진심을 이야기하고
싶을 때, 뒷북인 걸 알지만 이제라도 도전하고 싶을 때, 뒷
북인 걸 알지만 이제라도 한 번 더 사정하고 싶을 때.

자꾸만 마음에 밟히고 포기가 안 된다면 이제라도 하는
쪽이 더 나을 거란 믿음으로 뒷북의 북채를 잡아보면 어
떨까요? 뒷북도 제대로 치면 혹시 자명고처럼, 신문고처
럼 세상에 울리지 않을까요? 누군가 귀 기울여 들어주지
않을까요?

뒷북의 대명사인 '소 잃고 외양간 고치기'와 '버스 떠난 뒤
에 손 흔들기'. 하지만 외양간을 고쳐놓으니 도망갔던 소

가 돌아오고, 손을 몇 번 흔들어보니 떠났던 버스가 급정거를 하기도 하는 게 아무도 모를 세상입니다.

주문을
외워보자

현역 시절 박지성 선수가 경기 전에 항상 외웠다는 주문이 있습니다.
'내가 최고다! 누가 뭐래도 내가 최고다!'
그 유명한 축구 스타 웨인 루니 선수는 다음 경기에서 입고 뛸 유니폼을 미리 알아두고는 잠을 자기 전에 그 유니폼을 입고 멋지게 골 넣는 상황을 상상한다는군요.

축구에서 실력만큼이나 중요한 게 자신감이라고 합니다. 그래서 축구선수들이 받는 심리 기술 훈련의 대부분은 자신감을 불어넣는 자기최면이나 골 넣는 장면을 상상하는 데 중점을 둔다고 하네요.

자, 경기장 문을 열기 전에 우리도 마음대로 상상해볼까요? 환상적인 드리블로 거친 태클들을 이리저리 피하면서 결국엔 멋진 슛을 날리는 우리의 모습을. 상대편 선수들의 존경 어린 눈빛과 관객석에서 들려오는 뜨거운 박수와 환호 소리를.

보통
생각

　　　　　　유명한 작가이자 철학자인 알랭 드 보
통에게 한 독자가 물었습니다.
"결혼을 할까요, 말까요?"
보통 씨가 대답했습니다.
"독신에는 외로움이 있고 결혼엔 숨 막힘과 노여움, 좌절
이 따릅니다. 사람은 어느 상태에서든 행복을 누리는 재간
이 썩 뛰어나지 않지요."

짜장면을 먹을까, 짬뽕을 먹을까 애써 고민해서 짜장면을
시켜놓고는 친구가 시킨 짬뽕에 먼저 숟가락 담그는 게
사람의 마음입니다. 똑같은 면발일 확률이 100%인 줄 알
면서도 내 짜장면은 기계로 뽑은 보통 면 같고, 친구의 짬
뽕은 30년 면 장인이 뽑은 특제 수타면 같아 보이는 게 사
람이 가진 마음의 눈.

행복을 누리는 재주라는 건 이런 거 아닐까요? 내 짜장면
을 맛있게 먹는 것.

아,
옛날이여

'저 사람은 어쩌면 저렇게 잘났을까?'
'저 사람은 대체 무슨 복을 타고난 걸까?'

사람들은 종종 남을 부러워하지만 사실 제일 많이 부러워
하는 건 과거의 자신입니다.

'나도 왕년엔 잘 나갔었는데.'
'아, 그리운 옛날이여.'

앞으로 잘 걸어가다가도 뒤돌아서서 왕년을 그리워하는
건 꽃샘추위만으로 충분합니다. 때에 맞춰 열심히 피고 있
는 꽃망울들을 움츠러들게 할 뿐입니다.

숨어 있는
희망

'독약 같은 절망의 커피를 마시는 사람의 잔 속에 몰래 넣어주는 것. 희망이란 이런 게 아닐까 싶어.'
- 정현재, 《완두콩》 중에서

'넌 끝장이야. 넌 이제 끝났어.'
가끔 이렇게 세상이 우리에게 무언의 위협을 할 때가 있습니다. 하지만 누구 마음대로인가요?

우리가 끝내지 않는 한 끝나는 것은 아무것도 없습니다. 자동차 트렁크 속에 스페어타이어가 들어 있고, 코트 한 구석에 보조 단추가 달려 있듯이 우리의 인생 어딘가엔 늘 희망이 숨어 있다는 걸 잊지 말아야 합니다.

벽이 아니라
문

눈앞의 벽이 문제가 아니라 우리 마음
이 문제입니다. 넘지 못할 벽, 하지 못할 일이란 없습니다.
넘지 못할 거라고 생각하는 벽, 하지 못할 거라 생각하는
일이 있을 뿐.

지금 당신의 눈앞에 있는 것도 사실은 벽이 아니라 커다란
문은 아닐까요?

인내

주저앉으면
마침표,
다시 일어서면
쉼표

행동의
단어

　　　　　　19세기 후반 프랑스의 소설가이자 극
작가였던 쥘 르나르는 희망에 대해 이렇게 말했습니다.

'희망이란 빛나는 햇빛을 받으며 나갔다가 비에 젖으면서
돌아오는 것이다.'

잔인하지만 적지 않은 세월을 제법 부딪치며 살아보니 공
감하기 싫어도 공감할 수밖에 없는 말이더군요.
하지만 비에 흠뻑 젖어 돌아오던 그 길에 우산을 씌워준
그 누군가를 만났던 몇 번의 경험 덕분에 우리는 다행히
희망의 존재를 잊지 않고 살아가는 거겠지요.

운동 세포만 선택적으로 파괴되면서 결국 육체의 감옥에
갇히게 되는 근위축성측삭경화증ALS, 조금 더 세상에 알려
져 있는 이름은 '루게릭 병'입니다. 지난 2015년 말 기준으
로 우리나라에만 약 3천 명의 환자들이 정확한 원인도, 치
료법도 알 수 없는 이 잔인한 희귀병과 싸우고 있습니다.

　　　　　　　　　　　　　　　　　인내

그들 중 잘 알려진 루게릭 병 환자는 전 농구선수 박승일 씨가 아닐까 싶습니다. 프로농구 울산모비스의 최연소 코치로 인생의 절정을 보내던 그는 지난 2002년 루게릭 병 진단을 받습니다. '2, 3년 안에 사망할 수 있다'는 의사의 사형선고.

그는 좌절하는 대신 자신과 같은 처지의 사람들을 위해 우리나라 최초의 루게릭 전문병원을 세워야겠다고 결심합니다. 보건복지부를 찾아가 루게릭에 대한 무관심을 호소하는 한편 손가락 하나 움직일 수 없게 된 몸 상태에서도 눈으로 책을 쓰며, 루게릭 병의 심각성을 세상에 알렸지요.

이런 그의 노력을 통해 2만여 명이 루게릭 병원 건립을 위한 서명운동에 참여하고 루게릭 환우를 위한 '승일희망재단'이 만들어졌는가 하면 2012년에는 특별한 콘서트까지 시작됩니다. 지금까지 매년 한두 번씩은 꼭 열리고 있는 '루게릭 희망 콘서트'입니다.

박승일 씨의 친누나이자 재단 상임이사인 박성자 씨와의
인연으로 2회 콘서트부터 시나리오작가로 참여하고 있는
데, 시작할 때만 해도 수십 석 규모였던 가족 음악회가 10
회를 이어오는 동안 3천 석을 채우는 대형 콘서트가 되었
네요. 박경림, 송은이, 김제동, 양동근, 박정현, 윤도현, 비
와이, 룰라, 박미경, 노을, 소녀시대 서현……. 이밖에도 많
은 가수와 MC들이 함께해온 희망 콘서트는 100% 재능
기부로 참여하고, 티켓 판매 수익은 모두 루게릭 요양병원
건립에 쓰이고 있습니다.

박승일 씨의 몸은 날이 갈수록 굳어져 몇 년 전부터는 눈
을 깜빡이는 것조차 힘든 상태입니다. 해서 2시간 남짓의
콘서트를 보기 위해서는 많은 의료 장비의 도움과 초인적
인 인내가 필요하지요. 하지만 그는 각종 호스를 달고 이
동 침대에 누워서도 열 번의 콘서트에 끝까지 자리를 지
켜왔습니다. 그에겐 이 '희망 콘서트'가 이름 그대로 희망
의 존재를 가장 가까이에서 볼 수 있는 자리, 희망이라는

빛나는 햇빛을 온몸으로 쬐일 수 있는 자리이기 때문일
겁니다.

사랑은 동사일까요, 명사일까요? 국어 시험에 이 문제가
나온다면…… 답은 명사입니다. 희망도 마찬가지입니다.
하지만 사랑도, 희망도 우리에겐 동사입니다. 행동의 단어
입니다.

곰탕

MC 남: 오전에 본 하늘은 뿌연 설렁탕 같았는데, 오후의
하늘은 나주곰탕 같네요.

MC 여: 점심에 곰국 드셨어요? 아무리 고기를 좋아하기
로서니 어떻게 가을 하늘을 설렁탕, 곰탕에 비유
하십니까?

MC 남: 아니, 왜요? 아침엔 설렁탕처럼 구름이 뿌옇게 꼈
었는데, 지금은 국자로 기름을 싹 걷어낸 맑은 곰
탕 느낌이잖습니까? 다시 한 번 올려다보세요.

MC 여: 오, 다시 보니 그런 것도 같습니다. 날씨도 쌀쌀한
데, 방송 끝나고 곰탕 쏘십시오.

MC 남: 아니, 제가 왜요?

MC 여: 지금 곰탕 먹고 싶게 만들었지 않습니까? 책임지
십시오.

어느 가을 오후에 썼던 오프닝 멘트의 시작입니다. 아쉽게
도 그날 다 같이 곰탕을 먹으러 가진 못했지만, 이 멘트 덕
분에 그날의 문자 참여 게시판은 청취자들이 보내온 맛있

는 곰탕집 추천과, 곰탕만 끓여놓고 친정으로 가출한 아내 이야기, 입맛 없을 때 제일 생각나는 어머니표 곰탕 이야기까지 곰탕과 관련된 사연들로 팔팔 끓었지요.

곰탕, 좋아하시나요? 곰탕을 끓이다 보면 더 이상 우려낼 게 없을 때 맑은 국물이 우러나옵니다. 마라톤 선수들에 따르면 오래달리기를 할 때도 한참을 달리다 보면 다리에 감각이 없어지면서 머릿속이 오히려 맑아지는 순간이 온다고 하더군요.

왠지 든든하면서도 담백한 곰탕이 당기는 요즘입니다. 수도 없이 부글부글 속을 끓이면서, 요만한 희망 조각 하나를 곰탕처럼 우리고 또 우리면서 다리가 저리도록 달리고 있는 우리.

우리의 머릿속은 언제쯤 맑아질까요?

그럼 됐지,
뭐

한때 SNS에서 화제가 됐던 일화.
한 초등학교 3학년 담임교사가 생활기록부에 이런 당부의 글을 적어 학부모에게 보냈습니다.
'성격도 좋고 언제나 밝은 모습으로 생활하는 ○○이가 3학년에 올라와 학업 성적은 기대만 못하네요. 2학기엔 분발하여 잘할 수 있도록 격려해주세요.'
그러자 해당 학생의 아버지가 교사에게 써서 보낸 아주 '쿨'한 답장.
'학교생활이 밝고 건전하면 됐죠, 뭐.'

분발하여야 하나 영 집중도 안 되고 만사가 귀찮을 때, 직장에서의 성적도 집에서의 성적도 영 기대에 못 미칠 때, 힘을 내야 하나 영 힘이 나지 않을 때 조바심 내는 자신에게 우리도 가끔은 '쿨'한 답장을 보내줘도 괜찮지 않을까요?

이 정도면 됐지, 뭐.
이 날씨에, 이 경기에, 이 상황에, 이 나이에……

한겨울 추위보다
더 매서운 것

카디건에서 모직 점퍼로, 모직 점퍼에서 울 코트로, 울 코트에서 털모자까지 달린 패딩 점퍼로 갈아입은 어느 날. 엘리베이터 안에서 만난 동네 어르신이 말씀하셨습니다.

"추위? 원래 첫 추위는 매운 거야. 한겨울 추위보다 더 매서운 게 첫 추위거든."

무엇이든 첫 자가 붙은 것은 맵기 마련이죠? 지나고 보면 별것 아닌 것들도 처음에 적응하기란 누구에게나 참 매섭게 어렵습니다. 더욱이 따신 방구석에 앉아 있어도 등이 시린 나이가 되면.

날개의
크기

　　　　　방송 작가는 철새입니다. 봄가을 개편 철이 찾아오면 필요로 하는 프로그램을 찾아 둥지를 옮기지요. 운이 좋아 한 프로그램을 몇 년씩 계속하기도 하고, 실력이 좋은 작가들은 한 프로그램을 십 수 년씩 지키기도 하지만 머무는 기간이 다를 뿐 텃새처럼 한곳에 둥지를 틀수는 없습니다.

철새 얘기 해볼까요? 해마다 가을이면 서산 천수만 들녘에는 4천 마리가 넘는 흑두루미들이 둥지를 틉니다. 금강하구에도 넓적부리도요새, 가창오리 등 많은 철새들이 겨울 이사를 오지요. 지구에서 사는 조류들의 대부분이 매년 정해진 계절에 반복해서 이동하는 철새라고 하는데요.

그렇다면 제일 먼 거리를 이동하는 철새는 어떤 새일까요? 아마 두 종류의 새가 1, 2위를 다투지 않을까 싶습니다. 북극에서 남극으로 매년 7만km를 이동한다는 북극제비갈매기와, 알래스카에서 아프리카로 매년 3만km를 이

　　　　　　　　　　　　　　　　인내

동한다는 북방사막딱새.

그런데 이 둘은 아주 작은 새들입니다. 북극제비갈매기는 길이가 $35cm$, 몸무게가 $100g$ 정도. 북방사막딱새는 몸무게가 $25g$, 달걀 반 개 정도니까요.

'나한테도 큰 날개만 달아줘 봐. 나도 이 한 세상, 훨훨 날 수 있다고!'

생각해보니 이런 볼멘소리는 작은 철새에게조차 부끄러운 불평일지 모르겠네요. 그러니 어디 또 날아볼까요? 작은 날개지만 활짝 펴고.

살아봐야
안다

　　"봄과 겨울의 줄다리기가 여전히 팽팽
한 것 같지만 꽃샘추위일 뿐입니다. 오늘은 겨울에서 완전
히 벗어난다고 하는 춘분입니다."
프로그램마다 매일 한 번씩 기상청을 연결하는데 '오늘의
날씨'를 전하는 기상 리포터의 목소리에 봄이 담겨 있습니
다. 절기상으로는 입춘부터가 봄이지만 천문기상학적으
로는 태양이 적도 위에 위치하는 춘분이 봄의 시작.

"오늘부터 낮의 길이가 점점 길어진다는 절기지만 실제로
는 낮이 밤보다 이미 16분 정도 더 깁니다."
이어지는 그녀의 말은 봄이 이겼음을 알리는 승전보처럼
들리기도 하네요.

낮과 밤의 길이가 똑같다는 절기 춘분과 추분. 기상 리포
터의 말처럼 실제로는 춘분도 추분도 낮의 길이가 밤의 길
이 보다 조금 더 길다고 하지요. 그 이유를 원고에 풀어내
보려고 백과사전을 뒤적이니 '태양이 진 후에도 어느 정도

까지는 빛이 남아 있기 때문'이라고 적혀 있네요.

역시 길고 짧은 건 재봐야 아는 것 같습니다. 세상일이란 게 대부분 그렇지 않던가요? 맛이 있을지 없을지는 다 먹어봐야 아는 거고, 대박인지 쪽박인지는 끝까지 해봐야 아는 거고, 잘될지 못될지는 끝까지 살아봐야 아는 거고.

귓속 벌레
현상

라디오 작가는 글이 아니라 말을 쓰는 사람입니다. 그것도 나의 말이 아니라 다른 사람인 DJ의 말을 써야 하기 때문에 원고를 쓸 때는 '지금 내가 쓰려는 이야기에 진행자도 공감할까? 그러면 이 주제에 대해 어떻게 생각하고, 어떻게 말하려 할까?' 하며 염두에 두어야 하는 것은 기본입니다. 여기에 평소의 말투와 자주 쓰는 표현까지 녹여야 하는 것도 물론이지요. 그래서 DJ의 말투로 작게 중얼거리며 컴퓨터 자판을 두드리는 편인데 종종 DJ가 귓가에 '뿅' 하고 나타나 다음에 쓸 말을 읊어주는 경험을 하기도 합니다. 그날은 원고가 아주 잘 써지는 날.

해서 원고를 쓰며 음악은 잘 듣지 않는 편입니다. 만약 듣는다면 가사가 들리지 않는 클래식이나 들려도 알아들을 수 없는 제3세계 음악들인데, 특히 단순한 멜로디와 가사가 계속 반복되는 후크송Hook Song은 금물입니다. 그 이유는 수험생들과 마찬가지라고나 할까요?

인내

수험생들에게도 3대 요주의 대상이 있다지요? 감기, 독감 그리고 후크송. '♪링딩동 링딩동 링디기딩디기딩딩딩' 평소에 이런 후크송들을 자주 들으면 수능 날 한창 어려운 수학 문제 풀고 있을 때 머릿속에서 갑자기 이런 멜로디가 들린다는 겁니다.

'♪링딩동 링딩동 링디기딩디기딩딩딩'

그런데 미국에서 발표된 한 연구 결과에 따르면 수험생들 뿐만 아니라 대부분의 사람들이 머릿속에서 노래가 맴도는 경험을 한다는군요. 이런 걸 '귓속 벌레 현상'이라고 하는데, 뾰족한 퇴치법은 없다고 합니다. 다른 음악을 들으면서 신경을 딴 데로 돌리거나 스스로를 다그치고 타이르면서 쫓아내는 수밖에요.

살다 보면 나의 집중력을 방해하는 소리들이 한두 번도 아니고 하루 종일 귓속에서 울릴 때가 있습니다. 아침에

들은 잔소리가, 어제 들은 직장 상사의 윽박지르는 소리
가, '너는 안 돼'라는 마음의 소리가 마치 후크송처럼 시도
때도 없이 귓가를 맴돌고 있나요? 얼른 고개를 돌려버리
세요. 벌레들을 쫓아버리세요.

제자리걸음

해가 바뀌어도 청취자들의 새해 소망은 엇비슷합니다. '건강, 집 장만, 취업과 결혼 그리고 이직.' 2018년 다수의 조사 결과에서 1위를 차지한 직장인들의 새해 소망도 2016년에 이어, 2017년에 이어 직장이나 직업을 바꾸는 '이직'이로군요.

'이놈의 회사, 내년엔 때려치워야 되는데.'
'이 원수 같은 회사, 내년엔 더 좋은 곳으로 옮겨야 되는데.'

하지만 대부분의 직장인들은 내년에도 이놈의 원수 같은 회사에 계속 다닐 것임에 분명하죠. 올해도 사표를 가슴에 품고, 그냥 그 자리에서 제자리걸음 하셨나요?

제자리걸음은 헛걸음이 아닙니다. 자고 일어나면 자리가 바뀌는 세상, 요즘 제일 지키기 힘든 자리는 어쩌면 오늘 당신이 엉덩이를 붙이고 있는 바로 그 제자리일지 모릅니다.

자나 깨나
불조심

겨울이 시작될 무렵, 예나 지금이나 학교에서는 불조심 표어나 포스터 대회가 열리곤 했습니다. 어린 시절을 보낸 1970년대만 해도 산과 들이 아이들의 놀이터였고, 아궁이로 불을 때던 집에선 아궁이 옆에 쌓아 놓은 땔감에 불이 붙기도 했으니까요.

또, 새마을운동으로 지붕이 슬레이트로 바뀌기 전에는 집 자체가 불에 타기 쉬운 목재로 지어져 있었거든요. 이렇다 보니 겨울을 앞두고 불조심 포스터나 표어 짓기 대회를 준비하는 게 아이들의 일상이었던 기억이 납니다. 집이나 성냥이 활활 타오르는 그림 밑에 커다란 글씨로 적혀 있던 불조심 표어들.

'화재는 계절 없고, 불행은 예고 없다'
'바로 쓰면 고마운 불, 방심하면 무서운 불'

우리의 일상은 1년 365일 불조심 강조 기간입니다. 월. 화.

인내

수. 목. 금. 토. 일 …… 화내지 말기. 번갯불에 콩 구워 먹지 않기. 발등에 떨어진 불은 그때그때 빨리 *끄기*. 그리고 '열' 바다에서 수영 금지.

친절한
걱정

　　　　　　몇 년 전에 한 대학생이 자신의 전공
책 한 페이지를 사진으로 찍어서 온라인 게시판에 올렸고,
그 사진은 곧바로 화제의 주인공이 되었습니다. 사진을
보니, 책을 쓴 저자가 남긴 메시지가 '정말, 진짜, 대박, 리
얼, 헐, 완전' 친절했기 때문이었지요. 제목은 '작은 걱정'.

'제게 작은 걱정이 한 가지 있는데 따분하기 짝이 없는 내
용 때문에 여러분이 책을 덮어버리진 않을까 하는 것입니
다. 지금 이 장을 제대로 공부해두지 않으면 기말고사를
망치거나 여러분이 들어가고 싶어 하는 회사 입사 면접에
서 미역국을 마시게 될 수도 있으므로 조금만 인내심을 가
지고 공부하기 바랍니다. 그리고 사실, 그렇게 재미없지는
않습니다.'

지나온 날들에게 얻은 경험치로 보아 앞으로 펼쳐질 새로
운 날들도 '정말, 진짜, 대박, 리얼, 헐, 완전' 재밌지는 않을
것 같습니다. 어렵기만 하고 따분하기 짝이 없을 때도 많

　　　　　　　　　　　　　　　　　　　　인내

겠지요. 그럴 땐 인내심을 가지고 공부하는 마음으로 살아봐야겠습니다. 미역국 대신이다, 여기면서요. 누가 그러지 않던가요? '인생의 지루함을 견디는 가운데 작은 변화를 위해 노력하는 사람이 결국 인생이란 긴 레이스에 성공한다'고.

마디마디 서러워서
나는 못 가네

분명히 그런 느낌이 있는데 외국인들에겐 어떻게 표현할 방법이 없는 우리말이 있지요. 예를 들어 '따뜻하다'가 아닌 '뜨끈하다', '시원하다'가 아닌 '시원~하다' 그리고 '서럽다'도 마찬가지 아닐까요? 화가 나는 것과도, 슬픈 것과도 분명히 다른 우리끼리만 아는 느낌.

직장 생활은 서러움의 연속입니다. 직장에서 잡다한 업무를 도맡아 할 때, 기분 안 좋은 상사가 이것저것 괜히 트집을 잡을 때, 믿고 속을 털어놨던 선배가 소문을 내고 다닐 때, 친한 동료가 내 '뒷담화'를 할 때 불현듯 차오르는 서러움.

서러운 직장살이를 끝내고 집에 돌아오면 또 다른 서러움들이 기다립니다. 온기 없는 원룸에서 즉석 밥을 렌지에 돌려야 할 때, 방 안에 있는 아이가 '다녀오셨어요.' 인사도 안 할 때, TV 채널 하나도 내 마음대로 못 바꿀 때, 밀린 빨래며 설거지며 집에 와서도 할 일이 태산일 때 불현

듯 차오르는 서러움. 그래서 이런 노래도 있는 건가요?

'♪내 인생 다시 가라 하면 나는 못 가네. 마디마디 서러워서 나는 못 가네.'

김용택 시인은 '이별은 손끝에 있고, 서러움은 먼 데서 온다'고 했지만, 일상의 서러움은 생각보다 가까이에 있습니다. 서러움, 설움의 반대말은 무엇일까요? 편안함일 수도 있고, 자유일 수도 있습니다. 서러움이 사무칠 때 우리는 온몸으로 이렇게 외치고 싶으니까요.

'날 좀 가만히 놔두란 말이야!'

삶의
무게

        야구공의 무게는 145g 안팎이고, 축구 공의 무게는 420g에서 445g 정도 된다고 합니다. 하지만 야구선수들에게는 그 145g이, 축구선수들에게는 그 420g 이 세상에서 제일 무거운 삶의 무게겠지요? 1군 선수에게 나 2군 선수들에게나 아마도 마찬가지일 거구요.

오늘 여러분이 잡고 있는 운전대, 다리미, 국자, 망치, 연 필, 소방 호스, 전동 드라이버의 무게는 어떤가요? 부디 천 근만근은 아니기를, 너무 무거우면 100근만 '그'에게 나눠 주세요.

인내

갑자기
뚝!

　　　　　　'소나기'와 '스콜'은 이렇게 다르다고
합니다. 스콜은 지면의 열기가 비구름을 만들면서 같은 시
간대인 오후에만 쏟아지고, 소나기는 지면의 열기가 위쪽
의 찬 공기와 만나면서 밤낮 가리지 않고 쏟아지고. 하지
만 발생 원리가 다르고 내리는 시간대가 달라도 갑자기
내린다는 점에서는 비슷하지 않던가요? 그것도 주로 내게
우산이 없을 때.

'비야, 너까지 왜 나만 갖고 그래?'

왜 소나기는 꼭 우산이 없을 때 맞춰서 굳이 내가 있는 곳
에만 쏟아지는지, 왜 힘든 일들은 꼭 아프고 외롭고 돈 없
을 때를 맞춰서 굳이 나한테만 밀려드는지, 그럴 때 우리
는 잊지 말아야 합니다. 소나기와 스콜의 공통점이 하나
더 있다는 사실을. 그건 바로 갑자기 '뚝!' 그친다는 것.

'이런 젠장, 기껏 우산 샀는데 뚝 그쳤어!'

딱정이들에게
감사

목련과의 꽃들은 다른 꽃에 비해 암술과 수술이 단단합니다. 그 이유는 목련이 아주 오래된 식물로 지구에 꿀벌이 나타나기 전부터 살았기 때문이라는데요. 번식을 위해서는 꿀벌이 아니라 딱정벌레를 유인해야 했고, 단단한 딱정벌레에게 다치지 않도록 자신도 몸을 단단하게 만든 거지요. 그러니까 목련을 단단하게 키운 건 오랜 세월과 딱정벌레인 셈입니다.

요즘 당신을 단단하게 만들고 있는 건 무엇일까요? 인내를 가르쳐준 직장 상사? 의리를 시험했던 친구? 사랑의 아픔을 알게 해준 그녀?

고마워요, 딱정벌레들!

속
채우기

　　　　　사람의 속이 뒤집히는 건 매운 닭발을 주먹밥 없이 먹었을 때나 청양고추를 태양초 고추장에 찍어 먹었을 때만은 아니지요.

'내 기획서, 내 성과가 상사 이름으로 올라갈 때'
'입사 동기나 후배가 나보다 잘나갈 때'
'아부의 신 김 대리, 이 주임, 박 과장이 입으로만 일할 때'

직장인들은 속이 뒤집힙니다. 또 부모 속 뒤집는 자식에, 유권자 속 뒤집는 정치인들까지 우리가 사는 세상은 인간 뒤집개들투성입니다. 그렇다고 속이 뒤집힐 때마다 성질대로 열불을 낼 수도 없습니다. 뒤통수에 알밤이라도 한 대 때려줄 수는 더욱이 없지요.

아쉬운 대로 평소에 내 속부터, 이른바 내공부터 든든히 채워 둬야겠습니다. 매운 것도, 쓰린 것도 빈속일 때 탈이 날 확률이 높으니까요.

개구리
왕눈이

넘어지지 않고 순탄하게 잘 달릴 수 있다는 건 무엇보다 큰 행운입니다. 하지만 행운은 영원하지 않은 것의 대명사, 언제든지 끝날 수 있지요.

일어나는 법을 더 배워야겠어요. 그래서 넘어지지 않기 위해 애쓰기보다는 일곱 번 넘어져도 훌훌 털고 여덟 번 일어나는 개구리 왕눈이가 되어야겠습니다.

인내

기술

살아가는 데도
기술이
필요하다

아찔했던
경험들

교통방송에서 20년 가까이 말로 먹고 살았으니 빙판길에서의 안전 운전 요령 정도는 상식입니다.

하나, 앞 차의 타이어 자국을 따라갈 것. 눈 사이의 타이어 자국이 차가 옆으로 미끄러지는 걸 어느 정도 막아주거든요.

둘, 차가 미끄러지기 시작하면 엔진브레이크를 걸어서 속도를 낮추고 핸들은 미끄러지는 방향, 다시 말해 진행 방향으로 고정할 것. 방향 바꾸겠다고 핸들을 반대로 움직이면 더 미끄러지니까요.

이밖에도 기름을 되도록 가득 채워야 덜 미끄러지고, 오르막길은 단숨에 올라가는 게 좋고, 내리막길은 엔진브레이크를 써야 하는 등 겨울이면 운전자들에게 수시로 당부하는 빙판길 운전 요령들.

기술

사실, 나도 잘 압니다. 막상 차가 빙판 위에서 미끄러지기 시작하면 이런 방법들은 십중팔구 무용지물이 될 거라는 것을. 머릿속은 하얘지고 그저 본능에 따라 허둥거리게 될 거라는 것을.

그럴 때 그 어떤 매뉴얼보다 도움이 되는 것은 바로 경험이 아닐까요? 다람쥐 쳇바퀴 도는 것 같은 일상에서, 자동차 헛바퀴 도는 것 같은 세상에서 수없이 미끄러졌던 그 아찔했던 경험들.

사용
설명서

'이 세탁기에 동물을 넣지 마세요.'
'이 에어컨에서 나오는 물은 마시지 마세요.'
'이 진공청소기를 사용할 땐 손이나 발을 흡입구에 넣지
마세요.'
'이 스마트폰으로 눈, 귀 등 신체를 찌르거나 입에 넣지 마
세요.'

황당한 내용 같지만 우리나라 제품들에 실제로 붙어 있었
거나 지금도 붙어 있는 사용 설명서 겸 경고문입니다. 미
국은 더합니다. 뉴욕 지하철에는 한국어, 러시아어, 중국
어로 이런 경고문이 붙어 있으니까요.
'내부 승차가 안전합니다. 전철 위가 아닌 전철 안에 승차
하세요.'

소비자들의 배상 요구와 소송에 미리 대비하기 위해서 기
업들은 제품 설명서의 주의 사항을 점점 더 강화하고 있다
고 합니다. 어떡하든 책임을 피하려는 발상이 얄밉기는 하

기술

지만, 한편으로는 '설마 그런 짓을 하겠어' 싶은 일을 기어
코 하는 사람들, '그 정도는 조심하겠지' 싶은 일도 조심하
지 않는 사람들이 꽤나 많다는 것이겠지요.

그래서 겨울이 되면 라디오 대본에는 뻔하디 뻔한 겨울 사
용 설명서가 매일같이 적히곤 합니다.

'날이 추우니까 따뜻하게 입으세요.'
'뜨끈한 음식으로 든든하게 드세요.'
'술 마시고 한데서 주무시지 마세요. 제발이요.'

좋아 보여

　　　　　비가 주룩주룩 내리던 여름날의 일입니다. 아침부터 쏟아지던 빗줄기는 소리만 시원할 뿐 30도가 넘는 열기를 전혀 식혀주지 못했습니다. 그날따라 DJ는 아주 미안한 얼굴로 방송 스튜디오에 들어왔습니다. 이유인즉 이렇습니다. 조금 전 방송국 엘리베이터 안에서 비옷을 입고 있던 요구르트 아주머니를 만났는데, 몇 번 얼굴을 봤던 터라 인사를 건넸다고 합니다.

"비가 많이 와서 일하기 힘드시겠어요? 그래도 그 비옷은 편해 보이네요."
"편하기는요. 이게 다 빗물이 아니라 땀이에요."
순간 '아차' 싶었답니다. 대답을 듣고서야 자세히 들여다보니, 아이구야. 그 후텁지근한 날, 바람이 안 통하는 작업용 비옷을 입고 일하느라 얼굴은 물론이고 온몸이 땀범벅.

'얼굴 좋아 보이네. 요즘 좋은 일 있나봐? 신수가 훤한데?'
그쪽에선 듣기 좋으라고 건넨 말에 듣는 우리는 기운이

쭉 빠질 때가 있습니다.

'속 모르는 소리 하네. 빈말도 봐가면서 하지.'

하지만 내 속은 그야말로 속에 있고, 내 얼굴은 밖에 있으니 어쩔 수 없죠. 왜 우리 낯짝은 힘든 티도 제대로 못 내는지.

나의 이름을
불러다오

　　　　　　　　　오빠, 여보, ○○ 아빠…… 때에 따라
자신을 세 가지 호칭으로 부르는 아내에게 한 드라마 속
의 남편은 이렇게 얘기합니다.
"사람 헷갈리게 하지 말고, 한 가지로 통일해서 불러. 당
신이 날 어떻게 부르냐에 따라서 내 마인드가 달라진단
말이야."
그러면서 이 남편은 농담처럼 이렇게 덧붙이지요.
"당신이 나를 오빠라고 부르면 연애할 때처럼 과자도 사
주고 싶고 영화도 보여주고 싶고, 당신이 나를 ○○ 아빠
라고 부르면 아이들 생각에 곰처럼 힘이 생기고, 당신이
나를 여보라고 부르면 갑자기 짜증이 나고 오금이 저려."

호칭이 우리에게 미치는 영향은 생각보다 크지요? 누군가
나를 아줌마라고 불렀을 때와 작가님이라고 불렀을 때,
누군가 당신을 아저씨라고 불렀을 때와 오빠라고 불렀을
때, 누군가 나를 '어이'라고 불렀을 때와 이름을 불러줬을
때 그 누군가에 대한 우리의 마음과 행동이 똑같을 수는

　　　　　　　　　　　　　　　　　기술

없을 겁니다.

그래서 사람들은 늦겨울을 더 닮아있는 날씨에도 2월 말을 이렇게 부르는 게 아닐까요?
'안녕, 봄!'

차마고도

오늘의 문자 주제.
'차마 하지 못한 말을 보내주세요.'

"딸이 아이돌 가수가 된다고 집에서 매일 춤추고 노래해요. '엄마, 나 잘하지?' 묻는데, 차마 '너 진짜 못한다'고 대답은 못하겠네요. 조금 더 크면 알아서 꿈을 접겠죠?"

"연애 시절 장인어른을 처음 뵈었을 때 일인데요. 사실 그때까지는 결혼까진 생각이 없었는데, 아버님이 '이 결혼 허락하겠네.' 하셔서 얼떨결에 결혼했습니다. '결혼은 아직 생각 안 해봤다'고 차마 말씀드릴 수가 없더라고요."

"얼마 전 친구가 다섯 살짜리 아들과 저희 집에 놀러 왔는데, 장난을 치다가 커피 잔을 깬 거예요. 친구가 너무 미안해하기에 '괜찮아, 그거 싼 거니까 신경 쓰지 마.' 해줬죠. 사실 그거 이태리에서 신랑이 비싸게 주고 사 온 거지만, 차마 물어내랄 수도 없어서요. 친구야, 알고나 있어라."

"시어머니와 세 살짜리 딸이랑 미용실에 갔는데요. 미용실 언니가 '아기가 엄마를 똑 닮았네.' 하니까, 시어머님 하시는 말씀이 '뭔 소리야, 우리 손녀는 날 닮았지. 우리 며느리는 얼굴이 아주 길잖아. 우리 손녀는 얼굴이 얼마나 작고 예쁜데.' 하시는 거예요. 그때 차마 못한 말 하고 싶어요. '어머님, 저 얼굴 작고 예쁘거든요! 어머님 얼굴이 더 크거든요.'"

"남편한테 입 냄새가 나는데……. 차마 말을 못해서 숨 안 쉬고 뽀뽀했네요."

차마 하지 못하는 말들이 있습니다. 상처 받을까 봐, 거북해할까 봐, 거절당할까 봐, 오해할까 봐, 떠날까 봐, 내 진심과는 다르게 들을까 봐 목젖 밑에서 꿀꺽 삼켜버린 말. 지금도 여전히 입안에서 수시로 맴돌지만 울컥, 뱉어낼 기회가 생긴다 한들 또 다시 꿀꺽, 삼켜버리고 말 것이 분명한 말.

실크로드보다 먼저 생겼다는 인류 역사상 가장 오래된 교역로인 차마고도茶馬古道 . 중국 서남부의 푸얼차普洱茶, 보이차와 티베트의 말을 교환하기 위해 넘나들었던 이 가파른 절벽 길 아래로는 성난 황소처럼 거칠게 '누강'이 흐릅니다. '누강怒江'이란 '화내는 강'이라는 뜻이라지요.

우리의 말 속에도 백척간두의 '차마' 고도가 있는지 모릅니다. 차마 못하고 애써 참아냈던 그 인내의 말들로 인해 우리의 인연도 '화의 협곡'으로 굴러떨어지지 않고 계속 오갈 수 있는 것은 아닐는지요.

땜빵의
지혜

우리나라 관객들이 극장에서 많이 보
는 영화 장르는 액션, 드라마, 미스터리, 멜로 순이라고 합
니다. 그런데 비행기에서 보는 영화 순위는 다르다고 하네
요. 한 항공사가 장거리 노선 탑승객 450명에게 물었더니,
기내에서 많이 보는 영화 장르는 단연 코미디와 액션. 이
유가 뭘까요? 영화 보려고 비행기 탄 게 아니니까요. 좁고
산만하고 다소 불안할 수도 있는 비행기 안에서는 가볍고
재밌는 영화가 아무래도 시간 때우기 '킬링 타임'용으로는
최고라는 거지요.

생각해보면 잘 때우는 것도 참 어려운 일 같습니다. 제대
로 차려 먹을 시간이 없을 때 '뭐로 끼니를 때워야 하나'
하는 것도 제법 귀찮은 고민이고, 늘 바쁘다가 갑자기 시
간이 나면 '이 맨홀 같은 시간을 뭐하면서 때워야 하나' 허
둥거릴 때가 많으니까요. 대충 때우지 않고 제대로 잘 때
우는 것도 우리에겐 꼭 필요한 지혜입니다.

'쥐락펴락'의
미학

〈지상렬의 브라보, 브라보〉 작가로 일할 때 "형님 매거진 '남자는 왜'"라는 금요일 코너를 만든 적이 있습니다. 워낙 '남자, 남자' 한 DJ라 '형님, 아우님' 하며 지내는 남자 청취자들이 많아서 그들과 대놓고 남자 얘기를 하고 싶었거든요. 남자들의 취미 생활, 남자들의 관심사를 놓고 뜯고 즐기고 맛보는 시간. 단, 주로 여자들이 싫어하는 것들 위주로. 그래야 원성 듣는 재미가 있으니까요. '뜯고 즐기고 맛보고'의 뜯고는 '물어뜯고'였던 셈입니다.

이 코너의 첫 번째 주제는 '남자는 왜 낚시에 낚이는가?'였습니다. '남자는 왜 상갓집에 간다면서 트렁크에 낚싯대를 넣는가? 남자는 왜 군대 얘기와 낚시 얘기만 나오면 천하의 허풍쟁이가 되는가? 남자는 왜 낚싯대만 잡으면 개똥철학을 읊는가?'에 대한 남자들의 고해성사와 월척 자랑이 쏟아졌지요.

이 주제는 한 주부 청취자의 사연에서 얻은 아이디어였습니다. 얼마 전부터 골프채 대신 낚싯대에 푹 빠진 남편이 상갓집에서 밤샘을 한다고 나가서는 1박 2일 배낚시를 갔다가 딱 걸렸다네요. 한참 잔소리를 쏟아내다가 자존심을 긁어볼 셈으로 '뭘 제대로 잡아오지도 못했구만.' 하고 펀치를 날렸더니 돌아오는 대답이 〈세상에 이런 일이〉 또는 〈노인과 바다〉 수준이더랍니다.

'내가 낚싯대를 던졌다 하면 물고기들이 바늘에 아가미를 알아서 꿰고 튀어 올라와.'
'얼마 전엔 고래만 한 우럭하고 사투를 버렸는데, 잡고 나서 입을 열어 보니 우럭 입안에서 감성돔이 입을 뻐끔거리고 있더라.'

낚시에 대해 모른다고 무시하는 것 같기도 하고 뭔 말 같지도 않은 소리를 하나 싶어 '그런데 집에는 왜 안 가져왔느냐'고 따졌더니, 갑자기 도인 같은 표정이 된 남편이 했다는 한마디.

'놔줬어. 걔도 살아야지⋯⋯. 걔도 나처럼 어떻게든 더 살아봐야지⋯⋯.'

순간 어의가 없어진 아내는 이 한마디를 남기고 방으로 들어가고 말았다네요.

"나도 좀 놔주지 그랬냐, 인간아."

코너를 준비하면서 알게 된 것이 낚시인들에게는 아주 유명한 증상이 있다고 하더군요. 손가락을 움직일 때 '딸깍' 또는 '탁' 소리가 나고 손가락이 잘 안 펴지는 방아쇠수지 증후군. 특히 손맛을 제대로 본 강태공들에게 잘 찾아온 다는데, 여러 가지 원인이 있을 수 있지만 그중에 하나는 낚싯대를 너무 오랫동안 꽉 쥐어 잡고 있어서라고 합니다.

어디, 낚싯대만 그럴까요? 뭐든지 너무 꽉 움켜쥐고만 있으면 탈이 나기 마련이지요. 쥐었으면 펼 줄도 알아야 하고, 잡았으면 놓을 줄도 알아야 하고 세상 모든 일에는 '쥐

기술

락퍼락'의 과정이 필요한 것 같습니다. 잡은 물고기만 물에 놓아줄 게 아니라 돈 버는 일에, 집안일에, 책임감에 잡혀 사는 그와 나 또한 '물 만난 물고기'가 될 수 있는 그곳에 종종 놓아주어야 할 테지요.

말의
기술

       매일 말을 쓰는데도 '말'은 무엇보다 큰 고민입니다. 어떻게 말해야 사람들이 DJ의 말을 재밌어 할까? 어떻게 말해야 사람들이 DJ에게 호감을 느끼게 할까? 한마디로 어떡하면 나의 말 주인인 DJ가 말을 더 잘하게 만들 수 있을까 하는 고민.

그런데 진짜로 말 잘하는 사람은 열심히 말하기보다는 열심히 들어주는 사람이라고 하지요? 고개를 끄떡끄떡하고, 박장대소하고, '캬! 와우! 크!' 추임새도 적절히 넣어주는 사람. 생각해보니 그동안 만났던 말 잘하는 DJ들도 그러했습니다. 청취자들의 문자 한 줄에도 적극적으로 공감하고, 다소 말이 어눌한 청취자들과의 대화에서도 '네! 그렇죠. 그래서요?' 물음표와 느낌표로 응답하면서.

우리는 내 주장, 내 얘기 하는데 바빠서 다른 사람의 말을 잘 듣지 않는 경우가 많습니다. 그래서 힘이 되고 약이 되는 세상의 그 좋은 소리들을 듣지 못하는 실수를 범하기도 하구요. 말 잘하기로 유명한 한 남자가 어느 인터뷰에서 이런 말을 했더군요.

'말을 독점하면 적이 많아진다. 적게 말하고 많이 들어라. 들을수록 내 편이 많아진다.'

말 주인은 바로 …… 유재석.

인생을
기뻐하라

　　　　　방송이 끝나고 DJ와 스태프들 그리고 코너를 함께 진행했던 게스트와 함께 점심을 먹으러 갔을 때의 일입니다. 그날 우리가 어떤 메뉴를 시켰는지는 기억 나지 않지만 밑반찬으로 나온 도토리묵은 그 맛까지 아직도 생생합니다. 도토리묵을 입에 넣고 오물거리던 게스트가 우리에게 이렇게 말했기 때문입니다.

"우와, 얼른 이 도토리묵 좀 먹어보세요. 시원하고 쌉싸름한 게 느낌이 꼭 떡갈나무 그늘 같아요. 우와!"

그녀 덕분에 그날 우리는 피곤한 방송쟁이들로 바글거리는 식당이 아니라 떡갈나무 그늘 아래서 시원하고 쌉싸름한 점심을 먹을 수 있었지요.

그냥 '예쁘다' 하면 될 정도의 물건을 보고도 '너무 너무 예쁘다'라고 표현하는 사람들이 있습니다. 우리는 '보기 좋네' 정도로 지나친 풍경 앞에서 그들은 '우와'와 '세상에'를 남발하고, 눈물까지 글썽거리면서 한참을 머물기도 하지요. 그전까지는 이런 '우와'족들의 과장된 제스처가

　　　　　　　　　　　　　　　　　　　기술

부담스러울 때도 있고 감정 과잉으로 느껴질 때도 있었지만, 떡갈나무 그늘 맛 도토리묵을 맛본 이후로는 생각을 달리하게 된 것 같습니다.

"감동이란 인생의 사회적 지위다. '대단하다, 멋지다……'라고 느끼는 순간이 얼마나 많이 있는가에 따라 인생의 윤택함이 결정된다."
어느 책에서 읽은 글귀입니다. 오늘은 우리도 평소보다 조금 과장되게 이 세상을 느껴보면 어떨까요? 그러고 보니 차라투스트라도 이렇게 말했군요.

'더 기뻐하라. 사소한 일이라도 한껏 기뻐하라. 부끄러워하지 말고, 참지 말고, 삼가지 말고 마음껏 기뻐하라. 기뻐하면 온갖 잡념을 잊을 수 있다. 타인에 대한 혐오와 증오도 옅어진다. 주위 사람들도 덩달아 즐거워할 만큼 기뻐하라. 기뻐하라. 이 인생을 기뻐하라. 즐겁게 살아가라.'
- 니체, 《차라투스트라는 이렇게 말했다》 중에서

최적의
거리

조심한다고 하는데 자꾸 접촉 사고가 생깁니다. 적당히 거리를 두는 것은 참 어려운 일. 거리를 둬야 하는 대상이 사람일 경우에는 더욱 그러합니다. 미국의 심리학자이자 교육자인 스탠리 홀은 사람 사이의 적당한 거리를 이렇게 구분해놓았다고 합니다.

부부나 연인 사이의 적당한 거리는 $15cm$에서 $45cm$. 언제든지 상대방을 만질 수 있고 같이 이야기하고 춤도 출 수 있는 거리라고 하네요. 특히 다른 사람은 끼어들기 힘든 거리.

친구 사이의 거리는 $75cm$에서 $120cm$. 손만 조금 뻗어도 쉽게 닿을 수 있는 거리이지만, 몸을 조금 앞으로 내밀지 않으면 상대방이 내는 소리를 제대로 들을 수 없는 거리입니다.

처음 만난 사람과 대화를 나눌 때는 $120cm$에서 $210cm$쯤

거리를 두는 것이 좋다고 이야기했네요. 서로 몸이 닿지 않고, 표정의 변화도 숨길 수 있는 거리. 그래야 좀 더 편안하게 이야기를 나눌 수 있다는 거지요.

그런데 몸의 거리가 아닌 다른 거리는 어떨까요?

최근 침묵 쇼핑이 확산되고 있다고 하지요. 어느 유명 화장품 매장에는 두 종류의 바구니가 비치돼 있는데, 한쪽엔 '혼자 볼게요'라고 적혀 있는 바구니, 다른 한쪽엔 '도움이 필요해요'라고 적혀 있는 바구니입니다. '혼자 볼게요' 바구니를 들고 들어가면 직원들이 손님과 거리를 두고 말을 걸거나 다가가지 않은 거지요. 그냥 가만히 놔두는 게 서비스라는 겁니다.

하지만 '가만히 나두세요' 바구니를 매장 밖에서도 들고 다닐 수는 없지요. 해서 사람과 사람 사이엔 접촉 사고가 비일비재하게 발생하고, 특히 말로 인한 접촉 사고는 예고가 없습니다. 나는 친절이었으나 그에게 오지랖이 되고, 나는 위로였으나 그에겐 비아냥거림이 되고, 나는 애정 어린 조언이었으나 그에겐 참견이 되고, 나는 칭찬이었으나 그에겐 아부가 되는 식입니다. 물론 반대의 경우도 많을 테고요.

이런 접촉 사고를 피하는 가장 좋은 방법도 역시 거리를 두고 다가서지 않는 '침묵'일까요? 그보다는 상대방 입장에서 한 번 더 생각하는 '진심'이 아닐까요?

기술

세상에서 제일
높고 두꺼운 벽

누가 이런 말을 하더군요. '손발이 오
그라든다'는 말이 생겨나면서 이 세상에 낭만이 사라지고
있다고요.
"아후, 손발 오그라들어! 왜 안 하던 짓 하고 그래? 하지
마, 하지 마, 하지 마!"

또 누군가는 이런 말을 합니다. '썰렁하다'라는 말이 생기
면서 이 세상에 유머가 사라지고 있다고.
"야, 썰렁하다 썰렁해! 너 다신 그런 얘기 하지 마, 알았냐?
나니까 참고 넘어간다, 어!"

세상에서 제일 높고 두꺼운 벽은 '말'이라는 벽이 아닐까
요? '하지 마', '안 돼', '못해', '싫어', '가만히 있어' 이런 말
한마디 때문에 그동안 우리가 포기해버린 일이며, 사랑이
며, 여행이며, 도전들이 얼마나 많았을지요. '재미없어', '썰
렁해', '손발이 오그라들어', '유치해' 이런 말 한마디들로 그
동안 우리는 또 얼마나 많은 사람들을 주눅 들게 했을지요.

유령
정체

생방송을 하다 보면 교통 상황을 묻는 운전자들의 문자도 자주 들어옵니다. 그중에는 이런 문자들도 종종 보게 됩니다.

'평소에 막히는 길도 아닌데, 왜 이렇게 꼼짝을 못하나요?'
'교통 정보에 사고 났다는 얘기도 없었는데, 왜 이 시간에 길이 막히는 거죠?'

운전하다 보면 특별한 이유도 없이 잘 뚫리던 길이 막힐 때가 있습니다. 그러다가 언제 그랬나싶게 길이 풀리기도 하는데, 이런 것을 '유령 정체'라고 합니다.

전문가들에 따르면 '유령 정체'의 주요 이유는, 운전자들의 주의력이 흐트러지는 데 있다고 합니다. 옆 사람과 대화를 하거나 휴대전화를 하거나 TV를 보거나 물건을 찾거나 하다가 갑자기 브레이크를 밟게 되고, 그 정체가 파동처럼 뒤로 퍼지면서 특별한 이유가 없는 정체 구간이 생기는 것이지요.

또 사람들은 보통 내가 달리고 있는 차로보다 옆 차로가 덜 막힌다고 생각하는 경향이 있어서 이리저리 차로를 변경하게 되는데, 이런 차들 때문에 '유령 정체'가 더 심해진다고 합니다. 그러니까 유령 정체의 범인이자 유령은 차나 도로가 아니라 운전자인 셈.

출근길 위에서든, 인생의 길 위에서든 우리가 할 수 있는 가장 안전한 운전은 한눈팔지 않고, 나의 길을 가는 게 아닐까요? 운전이든, 연애든 한눈팔면 여러 사람 피곤해집니다. 길도 막히고, 기도 막히고.

줄다리기
잘하는 법

아이들 교과서를 보니 줄다리기 잘하는 법에 대해서 이리 적혀 있습니다.

첫째, 몸을 최대한 눕혀서 시각을 하늘에 두고 상대편이나 전방을 보지 않는다.
둘째, 자신의 자리를 충분히 확보하고 다른 선수의 자리를 침범하지 않는다.
셋째, 구령에 맞춰서 모두의 힘을 한 번에 쏟아붓는다.

인생에 필요한 지혜는 어릴 때 다 배운다더니 살면서 해야 했던 그 많은 줄다리기도 이기는 요령은 어릴 때 놀던 줄다리기와 다르지 않구나 싶네요. 알고 보면 상대와의 싸움이 아니라 나 자신과의 싸움. 무엇보다 내 자리를 굳건히 지켜야만 이길 수 있는 싸움. 그리고 혼자서만 쏟아부어서는 결코 이길 수 없는 싸움.

홈런 칠
확률

투수가 던진 공이 타자에게까지 오는 데 걸리는 시간은 약 0.44초. 우리의 몸이 어떤 움직임에 본능적으로 반응하는 데는 적어도 0.19초가 걸린다고 합니다. 그러니 타자는 0.25초 안에 이 공을 칠 건지 말 건지 판단을 해야 되고, 치기로 결정했으면 공 중심에서 $1.2cm$ 이상 벗어나지 않게 배트를 휘둘러야 안타 성공!

홈런을 치려면 여기에다 하나 더 플러스. 배트 끝에서 $17cm$ 아래쪽에 공을 맞춰야 된다는군요. 그것도 공의 속도에 밀리지 않을 만큼 빠른 속도로 말이지요. 이론상 그렇다는 이야기입니다. 다시 말해서 이론상으론 거의 불가능에 가까운 게 홈런이란 이야기. 하지만 무수한 훈련을 통해 몸에 밴 감각과 운까지 더해져 적지 않은 선수들이 홈런 타자가 됩니다.

홈런 한 방 기대하고 계신가요? 준비가 되셨다면 일단 타석에 서서 배트를 휘두르세요.

별생각
없이

　　　　　"훈련할 때 무슨 생각합니까?"

기자의 질문에 수영의 황제로 불리는 마이클 펠프스가 대답했습니다.

"저는 오늘이 무슨 요일인지도 모릅니다. 그냥 수영만 하는 거죠."

피겨 여제 김연아 선수도 비슷한 질문에 비슷한 대답을 한 적이 있군요.

"훈련할 때 무슨 생각을 해야 하나요? 그냥 하는 거죠."

생각이 너무 많아도 움직임이 둔해집니다. 앞으로 나아가는 것을 방해하지요. 그런데 한형조 교수의 금강경 해설서 《붓다의 치명적 농담》에도 나오는 것처럼, 우리는 밥 먹을 때 밥은 안 먹고서 이런저런 잡생각을 하고 잠잘 때 잠은 안 자고서 이런저런 걱정에 시달립니다.

지금은 아무 생각 없이 지금의 일을 하는 게 최고. 지금은 아무 생각 없이 그냥 쉬는 게 최고. 내일 걱정은 내일 하기. 어차피 오늘 안 할 일은 내일 아침부터 걱정하기.

기술

타이밍의
기술

이어달리기를 할 때, 그중에서도 바통 터치를 할 때요. 다음 주자에게 바통을 던져도 될까요, 안 될까요? 혹시나 했는데, 역시나 안 되는군요. 바통을 던지는 순간 바로 실격. 꼭 20m 길이의 '바통 존' 안에서만, 그리고 꼭 손에서 손으로만 바통을 주고받아야 한답니다. 그러니 바통 터치야말로 타이밍이 정말 중요하겠지요. 앞 주자와 다음 주자가 바통을 주고받는 손도 잘 맞아야 하고, 달리는 속도 그러니까 발도 잘 맞아야 하는 타이밍의 기술.

그런데 '말'이야말로 그래야 하지 않을까요? 결코 던져서는 안 되는 것. 행여나 잘못 전달되지 않도록, 말에 담겨 있는 진심을 놓치지 않도록 서로 눈을 맞추고, 서로 마음의 보조를 맞춰서 눈에서 눈으로, 마음에서 마음으로 주거니 받거니 해야 하는 것.

물
한 잔

우리의 몸은 아주 약간의 수분 부족에도 민감하게 반응을 한다지요, 정상보다 1.5%만 몸 안에 물이 적어도 머리가 아프고, 피곤하고, 집중이 안 되고, 짜증도 나고, 기억력도 떨어진다고 합니다.

'아, 조 과장 얼굴만 봐도 머리가 지끈거려!'
'아, 지갑에 돈 없으니까 만사가 다 귀찮아!'
'아, 아침부터 잔소리를 듣고 나와서 그런가 하루 종일 짜증나고 집중이 안 돼!'

일단, 물 한 잔 시원하게 들이켜보면 어떨까요? 조 과장 때문이 아니라, 빈 지갑 때문이 아니라, 잔소리 때문이 아니라 단순히 물이 부족해서 그런 걸 수도 있으니까요.

기술

관계

누구나
원하지만
아무나
얻을 수 없다

좋은
사람

배우 오지혜 씨와 새로운 프로그램을 준비하고 있을 때였습니다. 방송 시간은 오전 9시에서 11시까지. 음악과 생활 정보, 소소한 사는 이야기들로 채워가는 그 시간대의 여느 아침 프로그램들과 크게 다르지 않은 콘셉트. 새로 고객을 모으려면 매력적인 간판을 내걸어야 하겠지요?

방송 프로그램도 마찬가지입니다. 새로운 진행자와 방송 콘셉트가 정해지면 PD와 작가는 작명가 모드에 돌입합니다. 둘이서 무릎을 치며 '굿 아이디어'를 외쳤던 이름도 서너 번씩 거부당하는 건 흔히 있는 일. 그날도 머리를 맞대고 며칠을 고민해서 만든 십여 개의 작명 리스트를 들고 제작부장실에 들어갔던 담당 PD가 한숨을 푹 쉬면서 나왔습니다.

"왜요? '인터뷰'도 아니래요? 전화 인터뷰 많이 하라며, 초대석도 많이 만들고. 그럼 '오지혜의 인터뷰'가 딱인데 왜?"

"너무 배우 냄새나고, 세련된 느낌이라 안 된다네."

"그럼, 여기 이 리스트 3번은? 4번도? 7번도?"

모두 절레절레…….

"이건 너무 코너 제목 같고, 이건 너무 튀고, 이건 예전에 썼던 제목이고……. 아, 몰라, 몰라. 다 싫대, 다! 작가님, 근데 이건 무난한 것 같다네. 내 느낌에 우리 프로그램 이름, 이게 될 것 같아요."

그러면서 내민 이름은 PD도, 작가도 그저 빈칸 하나 더 채워 넣으려고 리스트에 적었던 이름. 튀는 작명들이 많다기에 구색 맞추기로 끼워 넣었던 그야말로 그냥 무난한 것 같아 적어냈던 이름 '좋은 사람들'.

담당 PD의 촉대로 새 프로그램의 이름은 '오지혜의 좋은 사람들'이 되었고, 원치 않았던 간판을 앞에 놓고 원론적인 고민에 빠졌습니다. 앞으로 어떤 사람들을 만나고, 어떤 사람들의 이야기를 해야 되지? 좋은 사람이란 착하다는 소리를 귀에 달고 다니는 사람인가? 경제적으로 성공

한 사람인가? 사회 부조리에 맞서는 사람인가? 봉사하는
사람인가? 가르침을 준 사람인가? 꼭 그들만일까?

좋은 사람.
어린 시절, 한창 만화영화에 빠져 있을 때는 잘생긴 사람
은 좋은 사람, 못생긴 사람은 나쁜 사람인 줄 알았습니다.
용감하고, 착하고, 정의로운 주인공들은 어쩌면 그렇게
다들 잘생기고 예쁘던지요. 학창시절, 한창 사춘기를 겪을
때는 공부를 잘하면 좋은 학생, 공부를 못하면 나쁜 학생
이란 어른들의 요상한 잣대에 속상하기도 했었습니다. 막
상 어른이 되어 사회에 나와 보니 그보다 더 요상한 잣대
도 생깁니다. 나에게 도움이 되면 좋은 사람, 나에게 해가
되면 나쁜 사람.

그런데 그보다 조금, 아주 조금 더 살아보니까 문득문득
이런 개똥철학이 고개를 들곤 하네요.
'좋은 사람이란 나와 같이 있어주는 사람이구나.'

다림질
금지

언젠가 다림질 고수들의 인터뷰가 신문에 실린 적이 있습니다. 한국에서 제일 오래된 세탁소라는 모 호텔 세탁소 지배인. 도곡동에서 30년 넘게 세탁소를 운영해온 사장님. 그들이 얘기하는 노하우에 따르면 리넨 소재는 천을 덮고 살살 다려야 하고, 마 소재는 분무기로 물을 뿌리면서 강한 열로 내리누르듯이 힘을 주면서 빨리 다려야 하고, 와이셔츠는 완전히 마르기 전에 걷어서 옷깃과 소매 끝부분, 소매, 등판 윗부분, 앞판, 등판 순서로 다려야 다림질 시간을 줄일 수 있다고 합니다. 또 안감을 먼저 다리고 바깥쪽을 다리는 게 원칙이구요.

마음의 주름을 다림질 하는 것도 이렇게 요령과 순서가 있는 건 아닐까요? 누군가 나로 인해 마음의 구김이 생겼을 때 무턱대고 다리미부터 갖다 대는 건 마음을 더 다치게 하는 일일 겁니다. '미안해, 됐지? 이제 그만 풀어.' 한다고 바로 마음이 풀리는 건 아니지요. 그의 감정이, 어디가 얼마나 구겨졌는지부터 찬찬히 살펴봐야 하지 않을까요?

마음의
눈

　　　　　　　　얼마 전 일하는 방송국에서 반성의 시
간이 만들어졌습니다. 라디오 제작국 사무실에는 여러 작
가들이 앉아 원고도 쓰고, 회의도 하고, 때로는 간식을 먹
으며 수다도 떨곤 하는 큰 테이블이 있는데, 그 테이블 중
앙에 놓여 있는 난초가 갈색으로 바짝 말라 있는 것을 뒤
늦게 발견한 것입니다.

"원 세상에⋯⋯. 물을 얼마나 안 준 거야? 한 달, 두 달, 석
달? 아니 그보다 얘가 이렇게 될 동안 아무도 몰랐어? 진
짜 아무도 못 봤던 거야?"

정말로 원 세상에⋯⋯. 거의 매일 보고 살았던, 바로 눈앞
의 난초였는데⋯⋯. 그 소중한 생명에게, 그것도 보살펴줘
야 살 수 있는 생명에게 우리는 어쩌면 그리도 무심했던
걸까요? 우리는 어쩌면 그리도 우리 일만 하고, 우리 얘기
만 하고, 우리 먹을 것만 먹었을까요? 되살릴 길 없는 난
초 화분을 밖으로 치워내면서 다들 얼마나 미안해했던지.

관계

눈이 있다고 다 볼 수 있는 건 아닙니다. 마음이 있어야 보입니다. 귀가 있다고 다 들을 수 있는 건 아닙니다. 마음이 있어야 들립니다. 분명히 곁에 있으나 보지 못했던 존재, 듣지 못했던 외침. 그래서 우리 가까이에서 시들어가고 있는 존재는 없는지 살펴봐야겠습니다. 난초든, 사람이든 눈이 아니라 마음으로.

마찬가지

　　　　　쇼핑 카트를 ① 뒤에서 밀고 가는 것
과 ② 앞에서 끌고 가는 것 중 어떤 방법이 덜 힘들까요?

중학교 교과서 가라사대, 정답은 ②번입니다. 앞에서 끄는
쪽이 조금 더 가볍다고 하네요. 왜냐하면 마찰력이 적기
때문이지요. 마찰력은 바닥면에 주는 힘과 비례하는데, 밀
때는 수레를 밑으로 누르면서 가기 때문에 마찰력이 더 커
진다는 겁니다.

흔히 말하는 사랑의 밀당, 밀고 당기기에서는 ① 밀 때가
더 힘들까요? ② 당길 때가 더 힘들까요? 또, 사회생활에
서는 ① 앞에서 끌고 있는 직장 상사가 더 힘들까요? ②
뒤에서 밀고 있는 직원들이 더 힘들까요? 이건 중학교 과
학 교과서 수준이 아니라 카이스트 물리 전공 수준으로도
풀기 어려운 문제가 아닐까 싶습니다.

점심시간을 한 시간쯤 앞둔 어느 사무실, 업무 파악에 여

넘이 없는 신입 사원에게 부장이 다가왔습니다.

"일하기 힘들지? 특별히 애로 사항은 없나?"

"아뇨, 괜찮습니다. 선배들이 도와주어 적응을 잘 하고 있습니다."

"다행이구만. 궁금한 게 있다거나 힘든 일이 생기면 어려워하지 말고 언제든지 날 찾아오라고. 아! 그래, 말 나온 김에 오늘 내가 점심 사지. 든든하게 삼계탕 어때? 아니면 장어?"

"아휴, 아닙니다. 부장님. 전 그냥 동기들이랑 사내 식당에서 먹을게요. 미리 약속한 것도 있고……."

뻘쭘한 표정의 부장이 자기 자리가 아닌 화장실로 향한 후 옆에서 안 보는 듯 상황을 보고 있던 선배 직원이 신입 사원에게 속삭였습니다.

"야, 사주겠다는데 눈치껏 그냥 따라가지 그랬냐? 부장이 오늘 점심 같이 먹을 사람이 없나봐."

나보다 조금 더 높은 자리에 있다고 해서 나보다 사회생활이 덜 외로운 것은 아닐 겁니다. 나보다 더 높은 자리에 있다고 해서 나보다 사회생활이 더 만만한 것도 아닐 겁니다. 살다 보면 누구나 애로 사항은 있는 법. 물론 정도의 차이는 있겠지만 윗사람이나 아랫사람이나, 애나 어른이나 사는 게 외롭고 녹녹치 않은 건 마찬가지 아닐까요?

나와 함께 살고 있는 당신, 앞에서 끌어주어서 뒤에서 밀어주어서 대단히 고맙습니다.

웃음보

놀부에게만 있는 게 심술보라면 우리 모두에게 있는 '보'도 있다고 하지요. 바로 '웃음보'.

뇌에 있다고 합니다. 크기는 표면적으로 4cm²쯤 된다고 하고. 지난 1988년 미국 캘리포니아 대학의 이차크 프리트 박사가 이 웃음보를 발견했다고 하는데, 우리 뇌의 전두엽 근처에 자리 잡고 있으면서 좋은 호르몬 21가지를 방출시킨다고 하네요.

그런데 이 '웃음보'를 슬쩍 자극해보니까 별로 우습지 않은 상태인데도 웃음을 터트리더랍니다. 다시 말해서 사람의 '웃음보'는 언제든지 웃을 준비가 되어 있다는 이야기.

사람은 혼자 있을 때보다 다른 사람들과 함께 있을 때 서른 배쯤 더 웃는다고 합니다. 우리의 웃음보는 이미 웃을 준비 끝. 이제 옆 사람의 웃음보를 간지럽혀주세요.

색깔

방송국 근처에 자주 가는 별다방이 있는데 직원들과 이런 대화도 나눕니다.

"오늘은 빨간 립스틱 안 바르셨네요?"

"네, 오늘은 눈 화장이 진해서 입술은 좀 옅게 발랐어요."

"잠깐 몰라 뵀어요."

"오늘은 커피, 일회용 잔에 드려요? 보라색 텀블러 안 들고 오셨네요?"

"네, 얼마 전에 떨어트려서 깨졌거든요"

"어떡해? 그 보라색 텀블러, 진짜 잘 어울렸는데."

카페 직원들에게 아무래도 저의 이미지는 빨강 또는 보라색인 것 같습니다. 제일 좋아하는 색으로 기억해주니 너무나 감사한 일이지요.

언젠가 일본의 한 미술대학이 나라별로 선호하는 색깔을 조사해봤더니 러시아, 포르투갈, 싱가포르 사람들은 검은색을 제일 좋아하고, 중국 사람들은 흰색을 제일 좋아하는 것으로 나타났다고 합니다. 우리나라 사람들이 좋아하는 색은 파란색, 흰색, 빨간색, 노란색, 옅은 하늘색의 순이었다고 하네요.

빨간색을 좋아하는 사람은 외향적이면서 적극적이고, 노란색을 좋아하는 사람은 모험가 기질이 다분하고, 주황색을 좋아하는 사람은 사교적인 사람, 파란색을 좋아하는 사람은 겉으론 차가울지 몰라도 속은 부드러운 경우가 많다고 합니다. 어떤 색깔 좋아하세요? 그보다 어떤 색깔로 살고 계세요?

어떤 사람들은 남이 가진 색깔에 호의적이지 못합니다. 외향적이고 적극적이면 나댄다 하고, 모험을 즐기면 철없다고 하고, 사교적으로 모임에 자주 얼굴을 보이면 뭐 얻고픈 게 있구나 하고, 혼자만의 시간을 좋아하면 사람이 우울하다고 하고, 패션에 신경 쓰면 낭비벽이 심하다 하고, 수더분하게 다니면 꾸밀 줄도 모른다 하고……. 어차피 누군가에게는 한소리 들을 거, 자기 색깔대로 살면 그만이지요.

사오정의
매력

방송을 하다 보면 사랑스런 사오정들의 사연도 종종 만나게 됩니다.

'주방장님 전화 받으시라고 해.'라는 말을 잘못 알아듣고 주방에서 주전자를 닦고 있었다는 아르바이트생.
'여보, 밥 줘.'라는 말을 잘못 알아듣고 조용히 발을 내밀었다가 남편에게 발을 물릴 뻔했다는 새댁.
제주도에 다녀온 자식들이 하르방을 사 왔다기에 '먹을 거나 사오지, 왜 돌덩이를 사왔냐고' 호통을 쳤는데, 알고 보니 '한라봉'이었다는 어머니.

또 이런 사연도 기억이 나는군요.

"저는 4살 연하의 남자친구와 사귀고 있는데, 사귀면서 내건 조건이 절대로 누나라고 부르지 않기거든요. 그런데 카페에서 같이 커피를 마시던 남자친구가 갑자기 '누나, 누나.' 하고 부르는 거예요. 가뜩이나 요새 늙어 보이는 것 같아 짜증나서 '누나라고 하지 말랬지!' 하고 승질을 팍 냈는데, 남자친구가 황당한 목소리로 하는 말이 '아니, 밖에 눈 온다고…… 눈 와!' 이러네요."

우리네 모시옷이 짧지 않아도 시원한 이유는 넉넉한 여유품과 그 속을 오가는 바람 때문이라고 합니다. 빈틈없이 완벽한 사람, 빈틈없이 완벽한 일상을 바라지만 막상 그런 사람이 되고 그런 일상이 찾아오면 숨 막힐 것 같지 않나요?

그보다는 적당히 비어 있어서 기회도 인연도 쉽게 찾아와 말 걸 수 있고 터를 잡을 수 있는 사람. 악의 없는 잔실수로 웃음도 줄 수 있는 사람.

당신도 그런 여백이 있어 사랑스럽습니다.

티무르와
아무르

　　몇 년 전, 언론과 방송에서 러시아의
한 사파리에 사는 '티무르'란 이름의 호랑이가 화제가 된
적이 있습니다. 야생성을 유지하기 위해 살아 있는 염소를
먹이로 줬는데 보름이 넘도록 잡아먹지 않고 친구처럼 지
낸다는 소식이었지요. 덕분에 먹잇감 신세였던 염소는 '아
무르'라는 이름까지 얻으면서 세계적인 토픽의 주인공이
됐었는데요. 당시 기사에 달렸던 댓글들이 참 재밌습니다.

"호랑이 똑똑한데? 염소를 살려두면 더 맛있는 토끼를 준
다는 걸 깨달은 게지."
"호랑이는 야생성을 잃고, 염소는 개념을 잃었네."
"외로워서 그런 거야, 외로워서. 이 세상에 나 혼자라고 생
각해봐. 미치는 거거든."

사파리 측의 과장된 홍보 전략이었다느니, '티무르'가 '아
무르'를 암호랑이로 착각을 한 거라느니, 그래서 진짜 암
호랑이가 우리에 들어오자 '아무르'에게 발톱을 들어 보

　　　　　　　　　　　　　　　　　　　　　관계

여 격리를 당했다느니 …… 들려오는 후일담은 그리 훈훈하지 않았지만 여러분도 이 흔치 않은 동거가 '우정'이라는 결말로 마무리되길 바라지 않으셨나요?

강자와 약자가 친구가 된다는 건 사람들의 울타리 안에서도 갈수록 보기 힘든 일이 되었으니까요.

별의별
사람들

어느 대구 아가씨가 자신의 SNS에 인상 좋은 버스 기사님과 아이스크림 사진을 올렸습니다.

"나 지금 버스 안인데, 승객은 나뿐. 갑자기 기사 아저씨께서 슈퍼 앞에 버스를 세우시더니, 아이스크림 사주심. 와! 진짜 별일이 다 있다. '감사합니다, 달서 3번 아저씨!'"

발 없는 글이 세계 일주를 하는 세상 아니던가요? 사진과 글은 순식간에 각종 커뮤니티에 퍼졌고, 글을 읽은 사람들은 그동안 자신이 겪었던 이런저런 별일들을 댓글로 달기 시작했습니다.

"애인을 배웅하면서 눈물을 글썽였더니, 시외버스 기사님이 제 애인을 버스에서 억지로 내리게 하더라고요. '5분 늦게 출발할 테니까, 애인하고 5분 더 같이 있다 오세요.'"

"고속도로 휴게소에서 핫도그에 케첩을 조금 뿌려 달랬더

니, 핫도그를 파는 총각이 토마토케첩으로 '조금'이라고
글씨를 써주네요."

무더운 여름날에 작은 손선풍기가 되어주는 것, 추운 겨울
날에 작은 손난로가 되어주는 것. 보통 사람들의 작은 센
스와 위트가 아닐까요? 우리네 세상에 괴짜가 필요한 이
유이기도 합니다.

비밀번호가
틀렸어요

〈알리바바와 40인의 도적〉의 후반부 기억나십니까? 알리바바가 '열려라, 참깨'로 도적들의 보물 동굴 문을 열고 부자가 되었다는 이야기? 아니요, 그 다음 이야기. 초등학생용 세계 명작 동화에는 나오지 않았던 이야기.

알리바바에게는 카심이라는 형이 있었는데, 부자가 된 동생을 질투한 나머지 도적들의 보물 동굴에 가서 '열려라, 참깨'를 외치고 동굴 문을 엽니다. 그리고는 커다란 보따리에 금은보화를 욕심껏 채우죠. 그런 다음 동굴 밖으로 나오기 위해 다시 동굴 문 앞에 섰는데 아뿔싸, 주문이 기억나질 않네요.

"열려라, 콩! 열려라, 팥! 열려라, 보리! 열려라, 조! 열려라, 귀리! 아, 주문이 뭐였지? 잊어버렸네."
이렇게 잊어버린 '참깨' 패스워드를 찾는 사이 도적들이 동굴로 돌아옵니다.

관계

문을 여는 주문은 '열려라, 참깨'인데 '콩, 팥, 조……'만 목이 터져라 외쳤던 카심처럼 맞지도 않는 비밀번호를 가지고 문을 열어보겠다며 헛힘 쓰는 모습이 혹시 우리의 모습은 아니었을까 생각해봅니다.

나의 진심을 한 번만 보여주면 그 사람의 마음이 열릴 텐데, 그걸 몰라서 괜히 헛돈을 쓰고 헛폼을 잡고……. 몇 번만 더 꾸준히 노력하면 기회의 문이 열릴 텐데, 그걸 몰라서 괜히 헛꿈을 꾸고 헛바람에 흔들리다 결국 도적떼에게 빼앗겨버리고 마는 비빌번호 오류.

이제는 우리 현대인들에게 명절증후군만큼이나 익숙해진 게 '패스워드증후군'이지요. 카드 비밀번호, 현관 비밀번호, 인터넷사이트 비밀번호, SNS 비밀번호, 홈쇼핑 비밀번호 등등 어찌나 비밀번호들이 많이 걸려 있는지.

모두 한 가지 비밀번호로 통일하면 좋겠는데 그렇게 허술

하게 굴었다간 정보 도둑들의 표적이 될 것 같고, 기껏 손에 익을 만하면 번호를 바꾸라는 반경고성 안내 창이 뜨니 비밀번호를 만드는 것도 기억하는 것도 갈수록 더 일이요, 잊어버리고 찾는 건 더 큰 일입니다.

개인 정보 유출을 막기 위해서 점점 더 어렵고 복잡해져가는 비밀번호들. 그래도 사람의 마음을 여는 비밀번호는 여전히 단순할 수 있습니다.

모과 인간

옛날에 한 도승이 산길을 걷다가 계곡의 외나무다리 위에서 큰 뱀을 만났습니다. 어디선가 홀연히 날아와 뱀을 물리친 영웅이 있었으니 슈퍼맨이 아니라 모과. 그래서 성인을 보호한 과실이라는 뜻으로 모과를 '성호과聖護果'라고 부른다지요. 그런가 하면 '모과나무 심사心思'라는 말 또한 알고 계실 겁니다. 모과나무처럼 뒤틀리고 심술궂은 마음 씀씀이를 뜻하는 말이지요.

좋게 보나 나쁘게 보나 돌덩이처럼 투박하고 뒤틀리고 울퉁불퉁한 모과. 그래서 모과의 꽃말이 '평범'인가 봅니다. 그래서 우리와 참 많이 닮은 과실인지도 모르겠습니다. 얼굴도 몸매도 사는 모습도 매끈하게 잘 빠진 것하고는 거리가 먼 평범한 우리들. 요만한 일에도 심사가 배배 꼬이는 평범한 우리들. 하지만 알고 보면 참 좋은 쓰임새도 많고, 가끔은 깜짝 놀랄 만큼 좋은 향기도 나지 않나요? 독하지 않은 사람 냄새.

앞차와
뒤차

　　　　일명 '칼치기'라고 한다죠? 뒤에서 무리하게 추월해 들어온 뒤차 운전자 때문에 하마터면 사고가 날 뻔한 날이었습니다.
"정말 짜증나! 성질 더러운 노처녀가 타고 있다고 뒤 유리창에 써 붙이기라도 해야 조심들을 하려나?"

방송국에 도착하자마자 울분을 터트렸더니 듣고 있던 DJ가 피식 웃으면서 맞장구를 쳐주더군요.
"거 괜찮은 생각인데? 근데 수시로 붙였다 뗐다 할 수 있는 걸로 붙여. 네가 성질이 늘 더럽지는 않으니까."

이런 생각을 해본 적이 있습니다. 초보 운전 스티커처럼 자동차 뒤 유리창에 이런 스티커를 붙이고 다니면 다른 운전자들의 반응은 어떨까, 지금보다 조금 더 배려해줄까 하는.

'이 차에는 지금 막 애인에게 차인 남자가 타고 있습니다.'

'이 차에는 감기 몸살로 사흘째 고생하는 직장 맘이 타고 있습니다.'

'이 차에는 평생 고생만 하신 우리 노모가 타고 계십니다.'

'이 차에는 한 시간 전에 직장을 잃은 가장이 타고 있습니다.'

운전할 때만이 아니라 살다 보면 지금의 말 못할 내 상황을 그리고 심정을 등짝에다 써 붙이고 다니고 싶을 때가 있습니다. 그걸 보고서라도 남들이 내 사정 좀 봐줬으면, 내 기분 좀 알아줬으면, 건드리지 말아줬으면, 눈치껏 피해줬으면, 배려 좀 해줬으면…….

지금 당신의 앞차에는 어떤 심경을 가진 이가 타고 있을까요?

옛것과
낡은 것

과거의 오늘자 신문을 읽는 '신문이요' 코너에서 1997년 1월 3일자 신문 기사를 소개한 적이 있습니다. 제목은 "얼굴 담은 '즉석 스티커' 인기, 깜찍한 추억 뽑아". 사진 자판기에 당시 돈 2천 원을 넣고 마음에 드는 배경 그림을 선택한 뒤 표정을 지으면 50초 후에 우표 크기의 스티커 사진이 16장 나오는데, 20대 연인들과 중고생들에게 큰 인기라는 내용이었지요.

1990년대 중후반에 학창 시절을 보낸 DJ는 알록달록한 펑크 가발을 쓰고 찍었던 단체 우정샷이며, 친구의 휴대폰 뒤에 붙어 있던 커플 사진, 문방구에서 팔았던 스티커 사진 전용 다이어리 속지 얘기까지 신나게 추억의 보따리를 풀어놓았습니다.

그런데 1990년대 말에 유행했던 즉석 스티커 사진이 요즘 젊은 층을 중심으로 다시 유행하고 있다지요. 그 인기가 인형 뽑기 게임 못지않다고 합니다. 비좁은 부스 안에 여

관계

럿이 바짝 붙어 앉아서 요상한 가발을 쓰고 짓궂은 표정을 지으며 사진을 찍는 모습은 20년 전의 청춘들과 판박이 사진.

중장년층이 복고 제품들을 찾는 이유는 대개 과거에 대한 향수, 상대적으로 여유롭고 낭만적이었던 시절을 느낄 수 있기 때문이라고 하지요. 하지만 젊은 층들이 복고 제품을 찾는 이유는 다릅니다. 낯설고 신선해서라고 하네요.

옛것은 낡은 것과 같은 말이 아닙니다. '나이 들었다'와 '한물갔다'도 같은 말은 아니지요. 어떻게 노력하느냐에 따라서, 어떻게 발휘되느냐에 따라서 우리의 나이와 경험은 그 어떤 최신의 것보다 감각적이고 신선하며 세련된 것이 될 수도 있습니다.

세상에서
제일 바쁜 사람

　　　　　　　세상에는 크게 두 종류의 바쁜 사람들
이 있다고 하지요? 바쁠 것 같은데 바쁜 티가 안 나는 사
람, 왜 바쁜지는 몰라도 세상에서 제일 바쁜 사람.

"여보세요? 아, 이번 주말에 밥 먹자고? 어뜩하냐? 요즘 내
가 너무 바빠서 말이야. 미안하다. 계속 바빠, 마냥 바쁘네."
"쳇, 관둬라 관둬! 너 없으면 같이 밥 먹을 사람 없을 줄 알
고? 이모, 여기 김치찌개 1인분이요."

전문가들 얘기에 따르면 언제나 늘 세상에서 제일 바쁜 사
람은 바쁜 척하는 사람일 경우도 많다고 합니다. 남에게
바쁜 사람으로 보이고 싶어 하는 사람, 한마디로 일 없이
도 바쁜 사람이란 얘기지요.

여러분은 진짜 바쁘시지요? 계절도 바쁘고, 세상도 바쁘
고, 직장 상사의 성격도 불같이 급한데 여러분이라고 왜
안 바쁠까요? 그래도 오랜 만에 전화한 친구가 민망해 할

까봐 '바쁘긴, 바쁠 일이 뭐 있어? 안 바쁘니까, 일단 만나
자.' 이러면서 술도 한잔 기울이며 사시는 거겠지요. 그 정
과 배려 덕분에 앞으로도 외롭지 않기를.

알지?
알지!

"할머니, 길 좀 비켜주세요."
경상도식으로는 "할매, 쫌!"

"영수야, 시끄러우니까 조용히 좀 할래?"
역시 경상도식으로는 "영수, 쫌!"

"새벽부터 아침까지 비가 참 많이 오네요."
전라도식으로는 "워매."

"운전하는 데 갑자기 오토바이가 튀어나온 거 있지?"
역시 전라도식으로는 "워매!"

말이라는 건 길게 한다고 해서 그 의미가 잘 전달되는 것
은 아닌 것 같습니다. 문화가 통하고, 마음이 통하고, 눈빛
이 통한다면 단 한 마디로도 수십, 수백, 수천 가지의 뜻이
오갈 수 있는 것이 말이 가진 능력이지요.

관계

그리고 그 능력의 최고봉은 이런 게 아닐까요? 밑도 끝도 없이 '알지?'라고 물었을 때, '알지!'라고 대답해주는 사람. 밑도 끝도 없이 '갈까?'라고 물었을 때 '가자!'라고 답해주는 사람. 그런 사람을 만나셨나요? 곁에 있나요?

안개
속에서

나무 뒤에 숨는 것과 안개 속에 숨는 것은 다르다.
나무 뒤에선 인기척과 함께 곧 들키고 말지만
안개 속에서는 가까이 있으나 그 가까움은 안개에 가려지고
멀리 있어도 그 거리는 안개에 채워진다.

– 류시화, 〈안개 속에 숨다〉 중에서

한치 앞도 보이지 않는 길을 나 자신만을 의지해서 달리
는 기분. 살다 보면 그야말로 혼자서 안개 속을 헤매는 듯
한 막막함을 느낄 때가 있습니다. 하지만 안개에 가려져
있을 뿐 정말 혼자는 아니지요. 눈에 보이지 않을 뿐 세상
엔 많은 동료들과 몇몇의 좋은 친구가 존재합니다.

그리고 안개 속을 헤매고 있을 때는 비상 깜빡이 같은 사
람들이 나타나는 순간이기도 합니다. 안개 낀 성탄절 날
산타클로스 할아버지가 반짝이는 루돌프 사슴코를 발견
했듯이.

관계 ·

동행

인생이란
초행길의
벗

묘비명

　　　　　　어느 날 페이스북에 묘비명 프로그램
이 공유되었습니다. 이름을 넣으니 묘비명을 하나 턱 하니
내어놓는데, 나의 묘비에 적힐 글귀는 '잘 놀다감'. '괜히
왔다 감'이나 '놀지도 못하고 감'보다는 나은 것 같아 결
과를 타임라인에 올렸더니 미녀 에디터 K기자가 득달같
이 첫 댓글을 달았더군요.
'들켰네, 들켰어.'
쳇, 바쁘다고 같이 놀아주지도 않았으면서.

사실 나에겐 언젠가 수첩 한 귀퉁이에 슬쩍 적어놓은 미래
의 묘비명이 따로 있습니다.
'쓸 만큼 쓰다 간다.'
지인들은 작가다운 묘비명이라며 그럴듯하다 했지만 이
묘비명을 적었을 때의 심경을 고백하건데, 쓸 만큼 쓰다
가고 싶었던 건 글보다 돈이었음을 밝힙니다.

묘비명. 여러분도 생각해보신 적이 있나요?

　　　　　　　　　　　　　　　　동행

21년 동안이나 자신의 이름을 건 라디오 토크쇼를 진행했던 미국의 멀빈 그리핀. 그가 라디오에서 제일 자주했던 말은 '전하는 말씀 듣고 다시 돌아오겠습니다.'였다고 합니다. 그리고 고인이 된 멀빈의 묘비에는 이런 묘비명이 적혀 있다지요.

'이 말씀 전하고는 다시 못 돌아오겠습니다.'

그런가 하면 영국의 희극배우 겸 작가였던 스파이크 밀리건은 죽기 전에 이런 묘비명을 주문했다고 하더군요.

'거봐, 내가 아프다고 했잖아.'

생의 마지막 순간에까지도 어쩌면 이렇게 농을 던질 수가 있었을까요? 인간이 가질 수 있는 최고의 내공은 유머가 아닐까 싶습니다. 세상을 우습게 살지 않았기에 세상이 허락한 마지막 유머겠지요.

지금 당장
밥 먹자

아주 오랜만에 모처럼 전화 통화가 된 친구에게 우리는 종종 이렇게 이야기합니다.

"우리 언제 한번 만나야지? 조만간 밥 한번 먹자. 다음에 꼭 시간 내야 돼."

모처럼 봄나들이 좀 가자는 아이들에게, 오랜만에 외식 좀 하자는 아내에게 또는 남편에게 우리는 또 종종 이런 대답을 하지요.

"나중에, 나중에 여유 있을 때 가자. 지금은 돈도 없고, 몸도 너무 피곤하단 말이야. 나중에 정말 끝내주게 근사한 곳으로 데려가줄게. 응?"

'언제 한번'의 언제는 과연 언제일까요? '조만간'의 조만간은 과연 언제이고, '다음에'의 다음은, '나중에'의 나중은 또 언제를 뜻하는 걸까요? 어쩌면 영영 오지 않는 시간, 기약 없는 미래가 될 수도 있지 않을까요?

마흔을 갓 넘긴 나이에 본인의 부고 문자를 보내온 친구의 영정 앞에서 지금 만나지 않으면, 지금 바로잡지 않으면, 지금 행동하지 않으면 다음이란 기회는 영원히 오지 않을 수도 있다는 사실을 다시 한 번 아프게 깨닫습니다.

행복
그래프

벨기에에서 나온 연구 결과에 따르면, 인간의 행복 그래프는 20대 후반부터 알파벳 'U'자를 그린다고 합니다. 20대 후반부터 그래프가 밑으로 점점 내려가 마흔다섯 살쯤 최저점을 찍고, 50대부터는 다시 그래프가 서서히 위로 올라간다는군요.

이유가 뭘까요? 사람들이 마흔다섯 살 무렵을 불행하다고 느끼는 이유는 미래에 대한 희망이 줄어드는데다 가정에서나 사회에서나 책임감이 제일 큰 나이이기 때문이라고 합니다. 그리고 50대부터 다시 행복감이 느는 이유는 지금 자신의 모습, 있는 그대로의 모습에 만족하는 법을 배우기 때문이라고 하네요. 그러니까 쉰 살쯤 먹다 보면 행복을 느끼는데도 연륜이 생긴다는 이야기.

"선배는 어때요? 마의 40대만 잘 넘기면 다시 행복해지나요?"
작년부터 50대를 살고 있는 선배 작가에게 물었더니, 이런 대답이 돌아옵니다.

"벨기에 사람들 참 부럽다! 내 행복 그래프는 말이야. 40 대 중반에 바닥을 치더니, 어째 다시 올라가지를 않네. 계속 바닥만 기어 다니고 있다고."

불교의 수많은 경전들 중 최초의 경전에 속하는 《수타니파타》에는 이런 내용이 있습니다. 불자들에게는 '자비경'으로 잘 알려진 말씀이라고 하는데요.

'살아 있는 생명이면 예외가 없이 약하든지 강하든지, 미세하든지 거대하든지, 길든지 짧든지, 중간이든지 키가 크든지, 눈으로 볼 수 있든지 눈으로 볼 수 없든지, 가까이 있든지 멀리 있든지, 태어났든지 태어나려 하든지 이 세상 모든 중생들이여 평화롭고 행복하길.'

어떤 나이를 살고 있건 우리가 해야 하는 가장 중요한 일은 책임지고 행복하기.

같이
걸어요

'아름다운 자세를 가지고 싶은가? 그렇다면 결코 당신이
혼자 걷고 있지 않음을 명심하라.'
얼굴도 마음도 아름다웠던 여배우 오드리 헵번의 말입
니다.

'혼자 걸으면 빨리 갈 수 있지만 멀리 가지는 못한다. 멀리
가려면 같이 가라.'
아프리카의 한 부족에게 전해지는 말이라고 합니다.

살다 보면 서리가 내린 낙엽 길을 걸을 때처럼 한 걸음 한
걸음이 위태롭게 미끈거릴 때가 있지요. 한 걸음에 떠나버
린 옛사랑 생각도 나고, 또 한 걸음에 떠나버린 청춘도 생
각나고, 또 한 걸음에 놓쳐버린 기회들도 뒤돌아보게 되고
…… 그래서 술 생각도 나는 날.
그런 날 비틀거리지 않고 제대로 걸으려면 혼자서는 안 됩
니다. 따뜻한 손을 가진 사람과, 든든한 팔뚝을 가진 사람
과, 튼튼한 마음의 다리를 가진 사람과 같이 걸으세요.

동행

틈새
바람

　　　　　도시에서 제일 추운 곳은 어디일까요? 뻥 뚫린 대로변일까요? 강바람 부는 한강변일까요? 사실은 빌딩숲 사이라고 합니다. 빌딩 사이로 강한 '빌딩 풍'이 부는데다 고층 빌딩이 햇볕은 물론 바람의 흐름도 가로막으면서 여러 갈래의 강한 기류까지 만들어지기 때문이라고 하는군요.

문득, 도시의 건물들은 지붕이 없이 벼랑으로 만들어졌다는 함민복 시인의 이야기가 떠오릅니다. 맞아본 사람은 알지요? 틈으로 들어오는 바람이 얼마나 냉한지를. 그 바람 한줄기가 얼마나 칼바람 같고, 황소바람 같은지를.

벌어진 그 사람과의 틈을 메우는 일, 김장 못지않은 월동 준비.

섬에서
같이 놀기

하기 싫은 일을 억지로 해야 하거나 고단한 삶을 정면 돌파해야 할 때 흔히 우리는 이런 말을 떠올립니다.

'피할 수 없다면 즐겨라.'

피할 수 없어서인지, 간절히 원해서인지는 모르겠지만 최근 나 홀로 사는 사람들이 늘고 있습니다. 혼자 밥 먹고, 혼자 영화 보고, 혼자 여행 가고, 혼자 놀기의 진수를 보여주는 사람들. 이른바 '글루미 제너레이션Gloomy Generation'이 사회현상으로 자리 잡은 지 오래지요.

살인적인 소음과 스트레스 속에서 살아야 하는 현대인들에게 고독과 외로움은 달콤한 휴식일지도 모릅니다. 하지만 종종 '나 혼자'의 시간을 선택할 순 있어도 진짜 나 혼자는 아니란 사실은 잊지 않았으면 합니다. 휴 그랜트 주연의 영화 〈어바웃 어 보이〉에는 이런 대사가 나옵니다.

'사람은 모두 섬이다. 하지만 분명한 것은, 일부의 섬들이 바다 밑에선 서로 연결돼 있다는 사실이다.'

야구
좋아하세요?

       사람들은 왜 야구를 좋아할까요? 1982년, 즉 야구 원년의 어린이 회원이자 요즘도 야구 시즌이 끝나면 일주일 넘게 후유증을 앓는 한 친구는 이렇게 대답하더군요.

'야구는 희생을 대접하는 스포츠거든. 팀을 위한 희생 플라이, 희생 번트 같은 건 타율 계산에서 빼줘. 타율이 낮아지지 않는 거지.'

산다는 건 혼자만 잘 하면 되는 기록 경기가 아니지요. 야구나 축구 같은 팀 경기입니다. 그런 만큼 실수한 사람만 눈에 불을 켜고 찾아낼 게 아니라 팀을 위해서 양보하고 손해를 본 사람도 눈에 불을 켜고 찾아내서 칭찬해주고, 대접해줘야 하는 게 이 경기의 제대로 된 룰이 아닐까요? 당신의 희생 번트, 희생 플라이에 홈런을 외칩니다.

안전장치

　　　　　　'나는 심장병이나 고혈압 환자, 임산부가 아니고 음주를 하지 않았습니다. 무서워서 포기하더라도 환불을 요구하지 않겠습니다.'

번지점프를 하기 전에 사인을 해야 하는 각서의 주요 내용이라고 합니다. 번지점프 해보셨나요? 밑바닥까지 추락하는 스릴과 다시 하늘로 날아오르는 쾌감, 번지점프가 가진 매력인데요. 가장 큰 매력은 아마도 이런 게 아닐까요? '안전을 전제로 한 모험'. 이중 삼중의 안전장치가 위험한 모험을 안전하게 해주니까요.

한번 도전해보고 싶은데, 다시 한 번 도전하고 싶은데 추락의 두려움이 매번 발목을 잡고 맙니다. 우리가 실제로 부딪쳐야 하는 일상 속에서의 모험에도, 정의를 위한 도전에도 번지점프 같은 안전장치가 있으면 좋을 텐데…….
언젠가는 우리가 사랑하는 사람들에게 바로 그 안전장치가 되어줄 수 있기를.

건조주의보

겨울철에 가장 쾌적함을 느끼는 습도
는 70%라고 합니다. 바로 우리의 몸과 똑같은 수분 함량
이지요. 또 전문가들에 따르면 추운 것 이상으로 우리 몸
에 안 좋은 것이 바로 건조함. 날씨가 건조하면 비염을 비
롯한 호흡기 장애가 심해지는 건 물론이고 피부도 거칠
어지고 눈도 뻑뻑해지는데다 자동차 문만 열어도 불꽃이
'타닥 타다다닥', 전혀 마음에 안 드는 사람하고도 손만
닿았다하면 '타닥 타다다닥' 불꽃까지 튈 수 있으니까요.

마음이 추울 때일수록 물기를 채우면서 살아야겠습니다. 좋
은 책도 읽고, 눈물 나는 영화도 보고, 좋은 사람들도 만나
면서……. 건조한 날씨가 피부를 푸석하게 만들 듯이 건조
한 일상이 우리의 마음에 불필요한 불꽃을 만들지 않도록.

반사이코패스

　　　　　'사이코패스'. 독일의 심리학자 슈나이
더가 1920년대에 소개한 개념입니다. 간단히 소개하자면,
타인이나 사회를 괴롭히는 반사회적인 성격장애를 뜻하
는데, '사이코패스'인 사람들의 공통점은 대체로 다른 사
람의 고통에는 무관심하고 죄의식을 느끼지 못하면서 반
대로 자신의 감정이나 고통에 대해서는 무척 예민하게 반
응한다는군요.

예전엔 공포 영화의 주인공들이 귀신이거나 유령인 경우
가 많았습니다. 사람일 경우에는 귀신에 씌었다거나 엄청
난 원한을 가진 사람일 경우가 대부분이었고요. 그런데
요즘의 공포 영화에는 '저 사람이 정말 그런 끔찍한 일을
했을까' 싶은 평범하다 못해 착하고 여리고 순수해 보이
는 사람들이 주인공으로 자주 등장하는 것 같습니다. 그
래서 더 무섭고.

'반反사이코패스'.

죄의식, 죄책감, 미안함……. 우리를 참 힘들게 하는 감정
들이지만 이런 감정들을 느낄 수 있다는 것도 큰 복이라
는 생각이 듭니다. 미안해할 줄 알고, 감사할 줄 알고, 기
쁨과 슬픔을 타인과 나눌 줄 아는 우리가 새삼스레 대견
하게 느껴집니다.

내부
수리 중

　　　　　　모처럼 찾아간 단골 찻집이 문을 닫았
더군요. '내부 수리 중'이라는 안내문에 안심은 했는데, 발
길을 돌리면서 섭섭한 마음이 드는 건 어쩔 수 없었습니다.

'지금은 내부 수리 중'

가끔은 우리도 세상을 향해 이런 안내문을 붙이고 싶을
때가 있지요. 지금까지의 내 모습에는 마침표를 찍고, 최
대한 열심히 고치고 꾸며서 좀 더 근사한 모습으로 다시
살고 싶다는 생각.

하지만 그렇게 되면 잃게 될지도 모릅니다. 지금까지의 나
를 좋아해줬던 그 소중한 사람들을.

등
뒤에서

      누군가의 등을 바라보는 것만큼 쓸쓸한 일이 없습니다. 등을 보고 있다는 건 뒤에 서 있다는 것이고, 그렇게 뒤에 숨어 있는 한 간절하게 빛나는 눈빛도, 진실을 말하는 떨리는 입술도 결코 보여줄 수 없으니까요.

그러니 조금 더 빨리 걸어야 합니다. 그리고 조금 더 용기를 내어서 그 사람과도, 그 기회와도 마주 서야 합니다.

봄꽃 같은
사람에게

일찍이 정호승 시인도 이야기했듯이 참으로 순수한 열정을 가진 봄꽃들은 잎이 아니라 꽃을 먼저 피워냅니다. 추운 겨울, 그 힘든 계절과 싸우고 이겨냈으면서도 힘들고 지친 모습이 아니라 가장 아름다운 얼굴로 매년 봄에 우리를 찾아옵니다.

얼마나 힘든 줄 아느냐고, 나도 노력하는 중이라고, 나도 안간힘을 쓰고 있다고 굳이 표내지 않는 사람. 조용히 숨겼다가 힘껏 피워낸 꽃 한 송이로 보여주는 사람, 혹시 당신인가요?

동행

물 같은
사람

　　　　　　　인도의 오쇼 라즈니쉬는 '물 같은 사람이 되고 싶다'고 했습니다. 참으로 대단한 소망이지요? 물처럼 귀하고, 꼭 필요하고, 그러면서도 겸손하고 관대한 사람으로 단 하루라도 살 수가 있을는지.

몸의 70%를 차지하는 생명의 물이 될 순 없어도 목마른 누군가에게 갈증의 한계를 덜어줄 수 있는, 그렇게 한 잔의 물 같은 사람이 되고 싶습니다.

주행거리

중고차를 살 때 제일 먼저 따져보게 되는 건 아무래도 연식과 주행거리겠지요? 하지만 설령 똑같은 날에 출고돼서 똑같이 10만km를 달린 차라고 해도 차의 상태는 다르기 마련입니다.

그 이유는 바로 달린 킬로수는 똑같다고 하더라도 달린 길은 자동차마다 다르기 때문이지요. 주로 평탄한 길만 달린 차도 있고, 울퉁불퉁 험한 길을 더 많이 달린 차도 있을 테니까요.

요즘 여러분은 어떤 길을 더 많이 달리고 계신가요? 더 많이 닳은 쪽은 바퀴인가요, 엔진인가요? 아니, 신발인가요, 마음인가요?

가족

'믿음 소망 사랑'을
다 합친
것

아들이란

라디오는 지혜와 경험이 오고 가는 공유의 공간입니다. DJ가 한 청취자의 사연을 읽는 순간 문자 게시판에는 공감하거나 반대하는 사연들이 올라오곤 합니다. 어느 날, 초등학교 4학년 사내아이 준규(가명)를 키우는 한 엄마의 사연이 방송을 탔습니다.

"동네 부녀회에서 주말마다 격주로 산행을 하는데, 아들내미 걱정에 단 한 번도 참가하질 못했네요. 애 위주로 살다 보니 내 생활은 거의 포기하고 사는데, 이렇게 금이야 옥이야 키워 놓으면 나중에 은공을 알아줄까요?"

이 사연에 달렸던, DJ와 작가들이 뽑은 베스트 댓글 사연.

"안녕하세요, 같은 4학년 남자아이를 키우는 엄마인데요. 엊그제 지 짝꿍이라면서 여자애를 한 명 데리고 왔더라고요. 제 딴엔 예뻐서, 귀여워서 한마디 했죠. '혜림이라고 했지? 어머나 어쩜 이렇게 예쁘고 얌전하니? 나중에 아줌마

며느리 하자. 우리 집에서 아줌마랑 밥도 같이 하고, 빨래도 같이 하고. 어때?' 그랬더니 제 아들이 뭐랬는지 아세요? '엄마, 그게 무슨 말이야? 우린 결혼하면 따로 나가서 살 건데.' 준규 엄마! 우리, 아무것도 바라지 말고 우리 인생 살아요."

걱정말아요,
그대

현충일을 맞아서 국가기록원이 몇 통의 편지를 공개한 적이 있습니다. 6.25 한국전쟁이나 베트남전쟁에 참전했던 군인들이 가족에게 보낸 편지 중들 중 일부였는데 편지 한 통, 한 통 그리움과 애틋함으로 가득한 편지들이었습니다.

'장모님의 염려 덕택으로 잘 지내고 있으니 저에 대해서는 조금도 염려하지 마십시오.'
6.25 전쟁 당시 유학성이란 이름의 군인이 눈 내리는 동짓날 전투가 한창인 전선에서 아내가 머물고 있는 처가에 보낸 편지.

베트남전쟁 당시 맹호부대 소속이었다는 정영환 대위는 밤새도록 전투기가 머리 위로 날아다니고 총성이 울리는 전장에서도 '환경이 좋아서 고국에서 고생하는 당신 생각이 더 난다'는 편지로 남편 걱정에 잠 못 이룰 아내를 안심시킵니다. 덧붙여 빚 때문에 고생하는 아내를 위해 베트남에서 돈을 얼마나 보낼 수 있는지, 그 돈으로 빚을 어떻게 갚으면 좋은지까지도 조목조목 편지에 적었던데요. 전쟁 중에도 자신보다 더 중요하게 생각했던 건 가족의 안부와 안심이었던 것이지요. 그리고 그 마음은 오늘날에도 다르지 않습니다.

기온이 체온을 넘어 38도에 다다랐던 뜨거운 여름, 그것도 오후 2시를 넘긴 한낮. 오늘 같은 날 맨홀 공사를 하고 계실 아버지가 걱정이라는 사연이 방송 문자 게시판에 올라왔습니다. 걱정스런 마음에 아버지의 연락처를 넘겨받아 전화 연결을 했는데 수화기 너머서 들리는 아버지의 목소리가 무척이나 쾌활했습니다. 이 더위에 힘들지 않느냐, 어떻게 견디고 계시냐고 DJ가 여러 번 질문을 해도 대답은 요령이 있어 괜찮고 '견딜 만하다'였습니다. 그런데 그 쾌활한 목소리를 들으면서 우리는 왜 하나같이 목울대가 울컥했는지.

오늘 당신은 어떤 미소로 퇴근 후에 다시 만난 가족들을
안심시킬까요?

'삶이란 전쟁터에서 오늘도 난 괜찮았어. 그러니 많이 피
곤해 보여도, 양말에 난 구멍을 발견해도, 셔츠에 찌들어
붙은 땀자국을 봐도, 몰래 내뱉은 한숨 소리를 들어도 너
무 걱정하지 마.'

발명의
날

　　　　　매년 5월19일은 '발명의 날'입니다. 측
우기의 발명일이 1441년(세종 23년) 5월19일인 것에서 연
유한 것이라 하지요. 특허청이 페이스북 이용자를 대상으
로 우리나라를 빛낸 발명품 설문 조사를 했는데 3위는 금
속활자, 2위는 거북선 그리고 대망의 1위는 훈민정음. 전
체 유효 응답자의 3분의 1이 훈민정음에 압도적인 지지를
보냈다고 하는군요.

지난 발명의 날, 전화로 연결된 중년의 청취자에게 DJ가
물었습니다.
"오늘이 발명의 날인데, 형님이 만들어낸 최고의 발명품은
뭐에요?"
"…… 그런 거, 없는데."
"에이, 없긴요. 사람한테 '품'이라고 하기엔 그렇지만, 사
랑하는 자녀들 있잖습니까?"
DJ의 말에 중년의 아버지가 말했습니다.
"그것들은 발명품이 아니라 '발병'품이고요, 발병품!"

혼자

TV를 보는데, 배우 정우성 씨가 17년 전에 했던 말을 CF에서 다시 하고 있더군요. 애인한테 낙엽을 던지면서 매몰차게도 하는 말.

"가! 가란 말이야. 너 때문에 되는 일이 하나도 없어."

한 결혼정보회사에 따르면 회원들이 뽑은 연애사의 최고의 굴욕은 '가라는데 안 갔던 일'이라고 합니다. 싫다고 돌아서는 애인한테 매달렸던 일 말이지요.

주말이나 휴일에 들어오는 청취자들의 사연 중에는 이런 사연들이 제법 많습니다.

'남편은 등산 가고, 애는 독서실 가고, 저 혼자 집에서 라디오 들어요.'
'아내가 애 데리고 장모님 댁 갔는데, 곰탕도 안 끓여놨네요.'

가족

혼자 낚시 간 남편에게, 혼자 여고동창회 간 아내에게, 혼자 놀러 나간 아이들에게 정우성처럼 멋있게 외쳐주세요.

"가! 가란 말이야. 나도 혼자서 잘 놀 테니까."

가족의
무게

공부하는 줄 알고 기껏 간식 만들어서 방에 들어갔더니 게임을 하다가 화들짝 놀라는 아이. 그럴 때 엄마 입에서 나올 법한 얘기가 있지요.
"얘, 이게 니 공부지, 내 공부니? 너 위해서 공부하는 거지, 나 위해서 공부하냐고!"

생각해보니 언젠가 들어본 얘기인 것도 같습니다. 그리고 또 생각해보니 내 자신이 아니라 부모님을 위해 공부했던 적도 있었던 것 같네요. 부모님의 잔소리가 듣기 싫어서, 실망시켜드릴 수가 없어서 말이지요.

어디 이뿐일까요? 살다 보면 우리는 자신에게 아주 중요한 일들을 가족의 얼굴을 떠올리면서 결정하기도 합니다. 부모님 생각해서 하고 싶은 공부 대신 취업을 하기도 하고, 아이들 생각해서 사표를 다시 품에 넣기도 하고, 세상이 실패라고 불리는 터널을 빠져나온 사람들은 또 이렇게도 말하지요.

'내 자신만을 위해 살았다면 이토록 악착같이 삶을 붙잡지도 않았을 것이고, 다시 일어설 수도 없었을 거예요.'

살다 보면 가족이 부담으로 느껴질 때가 있지요. 나에 대한 기대와 의지가 납덩이처럼 무겁고, 그들의 존재 자체가 짐처럼 느껴질 때도 있습니다. 그 짐만 벗어던져도 나는 훨훨 날아오를 수 있을 텐데.

하지만 거친 물살 속에서 버티고 서 있을 때 어깨를 짓누르고 있던 짐은 물살에 휩쓸려가지 않게 하는 무게 추가 되어주기도 합니다. 세찬 비바람을 만났을 때 날아가지 않게 하는 버팀목이 되어주기도 합니다.

내 마음의
등대

　　　　　학창 시절 미술 시간에 바다를 주제로
한 그림을 그릴 때면 바닷가 풍경이든, 먼 바다 풍경이든
꼭 등대 하나씩을 그려 넣었던 기억이 있습니다. 그래야만
차가운 바다의 이미지가 조금 따뜻해지는 것 같아서요.

세계 최초의 등대는 기원전 280년에 만들어진 이집트 알렉
산드리아 항구의 '파로스 등대'로 알려져 있지요. 우리나
라의 근대식 등대 역사도 115년에 달합니다. 1903년 6월1
일 인천 앞바다에 있는 팔미도 등대가 처음 점등되었고, 현
재 등대원이 상주하는 38곳의 유인 등대를 포함해 3천 개
가 넘는 등대가 전국의 바다를 지키고 있다고 합니다.

항로 표지 기술이 나날이 발전하고 웬만한 배에는 자동항
법장치가 있어서 등대에 의지하는 의존도는 예전에 비해
줄었지만, 모든 배들이 첨단 장비를 갖추고 있는 것도 아
니고 장비가 고장 날 수도 있어서 등대는 꼭 필요한 존재
라고 합니다. 게다가 캄캄한 밤, 어둠 사이로 보이는 등대

가족

의 불빛은 그 존재만으로도 위안이 된다는 게 바닷사람들
의 한결같은 이야기.

칠흑 같은 외로움의 바다에서 길을 잃었을 때, 내 마음의
지도가 보이지 않을 때 우리도 등대가 있다는 걸 잊지 말
아야 합니다. 지금 저 멀리서 밝게 반짝이는 등대는, 누구
인가요?

시선
집중

　　　　　연극 〈여보 나도 할 말 있어〉(김영순
작, 연출)를 여러 번 보았습니다. 처음엔 〈이홍렬의 라디오
쇼〉에서 진행자와 작가로 만나 10년 가까이 인연을 이어
오고 있는 이홍렬 씨가 오랜만에 출연하는 연극이기도 했
고, 화려하지 않은 싱글로 살고 있다 보니 부부 청취자들
과의 이야깃거리도 충전할 수 있겠다 싶어 찾았던 연극이
었지요. 그런데 연극이 재미있어 결혼한 친구들과 한 번
더, 연극을 보는 관객들의 반응이 재미있어 부모님과 한
번 더 보았네요.

찜질방이 배경인 이 연극은 딸의 산후조리를 위해 아내가
집을 비워 빈집에서 홀로 강아지를 돌보면서 지내는 은퇴
한 60대 가장 영호, 직장에서도 가정에서도 제대로 서지(?)
못하는 40대 가장 종수, 사춘기 자식과 전쟁을 치르는 갱
년기 오목, 늦은 나이에 손주를 돌보면서 자식들에게 큰
소리 한번 못내는 영자, 사랑 받고 사는 듯 보여도 아픈 속
사정이 있는 춘자, 잘나가는 자식들을 두었지만 외로운

　　　　　　　　　　　가족

말년을 보내고 있는 맏언니 말복. 여섯 명의 남녀가 각자의 고민과 애환을 블랙코미디처럼 풀어놓습니다.

상대적으로 많은 여성 관람객들 사이에서 상대적으로 많은 여주인공들이 쏟아내는 아내와 며느리로서의 애환에 자라목이 되어가던 남성 관객들이 '봐라, 너만 아프냐? 나도 아프다'라는 표정으로 공감의 박장대소를 하는 장면이 있습니다.

남들처럼 명품 백이 갖고 싶다기에 무리해서 명품 백을 사 줬더니 '갖고 싶댔지, 누가 사 오랬냐?'며 헛돈 썼다고 타박을 하지 않나, 말을 안 하면 왜 안 하냐고 잔소리, 말을 하면 듣기 싫다고 잔소리, 아내가 이래도 뭐라고 하고 저래도 뭐라고 한다면서 푸념을 늘어놓는 40대 가장 종수. 그러자 은퇴한 60대 가장 영호가 대답하지요.
"부럽다. 나는 가만히 숨만 쉬고 있어도 뭐라 그래."

눈앞의 작은 점 하나가 축구공만 해질 때가 있습니다. 점 하나를 뚫어져라 바라보고 있으면. 처음엔 점이었던 것이 탁구공만 해졌다가 나중엔 축구공만 해지지요. 물론 그 축구공만 하게 커진 점을 원래의 작은 점으로 되돌리는 방법은 간단합니다.

눈을 한 번 깜빡.

점점 커지는 미운 점은 어찌해야 할까요? 말 한마디 한마디가 어쩌면 그렇게 밉상인지, 걸음은 왜 저렇게 걷는지, 밥은 왜 저렇게 소리 내면서 먹는지, 처음엔 말 한마디가 서운했다가 헛기침 소리에도 짜증이 났다가 나중엔 가만히 숨만 쉬고 있는 것도 꼴 보기 싫어질 때……. 비단 부부 사이에서만 벌어지는 시선 집중은 아닐 테지요. 여러분은 이럴 때 어떻게 하고 계신가요? 또, 눈을 한 번 질끈?

세뱃돈

설 연휴가 끝날 무렵 교통 특별 방송을 마무리하면서 세뱃돈에 얽힌 에피소드를 사연으로 받은 적이 있습니다. 매년 설마다 자주 애용하는 사연 주제이지요. 전화 연결된 한 청취자가 일곱 살짜리 아들 때문에 뜨끔했던 경험을 풀어놓았습니다.

설 다음 날, 아들이 친척들에게 받은 세뱃돈 봉투들을 죽 늘어놓고는 봉투 위에 '쓰지 말 것'이라고 꾹꾹 눌러 적고 있더랍니다. 그걸 본 아이 엄마가 "이 세뱃돈 다 안 쓰고 저금하려고? 우리 아들 기특하네."했더니 아들이 뱁새눈을 하고서는 톡 쏘아붙였다는군요.

"아뇨. 엄마, 아빠 쓰지 말라고요. 엄마, 아빠 절대로 쓰지 말 것!"

그러고 보니 궁금하네요. 그 많던 나의 세뱃돈은 어디로 갔을까요?

가난한 날의
행복

　　　　　　태어나서 제일 맛있게 먹었던 음식은
과연 어떤 것이었을까요? 뉴욕의 최고급 레스토랑에서 먹
은 미디움 스테이크? 미슐랭Michelin 3 스타 레스토랑에서
먹은 프랑스요리? 일본의 5대 스시 명장이 직접 만든 최고
급 스시인가요?

언젠가 라디오 프로그램에서 같은 질문을 던졌을 때 가장
많은 청취자들이 대답한 음식은 돌아가신 어머니가 자주
해주셨던 음식. 그리고 예상보다 많은 청취자들이 지목한
음식은 짜장면이었습니다. 오래전 졸업식 때 처음 먹어본
짜장면 기억하시나요? 졸업식이 끝나고 식구들과 중국집
갔는데 만약 자리가 없다면 졸업 선물로 받은 사전이고
뭐고, 시계고 뭐고 난리가 나는 거지요.

언제 먹어도 맛있는 짜장면이지만, 그 옛날 졸업식 때 먹
었던 짜장면이 열 배는 더 맛있게 기억되는 이유는 무엇일
까요? 주변인들에게 슬쩍 물어봤더니 이런 대답이 대세더

군요. 가난하고 배고팠던 시절에 먹었기 때문일 거라고요.

배고플 때 먹는 짜장면이 제일 맛있듯이, 목마를 때 마시는 물이 제일 시원하듯이 어쩌면 가장 큰 행복도 더 없이 불행하다 느껴지는 날에, 독하게도 추운 어느 날에 우리를 찾아올지도 모르겠군요.

기념일의
김칫국

　　　　　　　한 중년 가장의 사연. 잠결에 들려오
는 달그락 소리에 새벽잠을 깨어 나가 보니, 낯익은 장정
하나가 부엌에서 타닥타닥 칼질을 하고 있습니다. 등짝을
보니 대학에 다니는 아들 녀석. 좀 있으면 제 엄마의 기상
시간임을 알고 있는지 프라이팬에다 잘게 썬 고기를 볶
다가, 도마 위의 채소를 썰다가 하는 모양새가 급하다 못
해 초조해 보이기까지 해서 숨소리를 죽인 채 가만히 지켜
보았는데요. 아들의 부산한 등이 대견하고 흐뭇했습니다.
그날은 결혼기념일. 전날의 음주로 아내와 또 한바탕했던
터라 냉랭한 기념일이 될 게 불 보듯 뻔했는데, 아들의 깜
짝 이벤트에 분위기가 녹겠구나 싶어서였지요.
'저놈이 내 뚝뚝한 성격을 닮지 않아서 제 엄마한테는 다
행이지. 덕분에 오늘 아침엔 아들이 서방보다 백배 낫다는
타박을 듣겠네. 허, 고놈 참.'

그때 레시피를 확인하려는지 식탁 위에 놓여 있는 휴대폰
을 잡으려던 아들이 그제야 등 뒤에 서 있던 아버지를 발

가족

견했습니다.

"어, 아버지 깨셨어요? 죄송해요. 제가 너무 달그락거렸죠?"

"아니야. 그냥 물 마시러 나온 거야. 아무 소리도 못 들었어. 네 엄마는 쿨쿨 꿈나라다."

"아, 다행이다. 엄마 일어나기 전에 얼른 끝내고 치워놔야 되는데 생각대로 잘 안되네요. 오늘이 여자 친구랑 100일이 되거든요. 도시락 만들어 가려고요."

그날 아침, 부부는 아들의 100일 기념 도시락에서 탈락한 김밥 꽁다리와 찢어진 유부초밥 그리고 불고기가 빠진 불고기샌드위치로 대화도 없이 아침을 먹었습니다. 적막한 공기를 깬 건 아내가 먼저였습니다.

"속 쓰릴 텐데, 김국이라도 얼른 끓여줘요?"

"됐어. 이미 김칫국 한 사발 시원하게 들이켰네!"

마중과
배웅

마중, 오는 사람을 일정한 곳까지 나가서 맞이하는 일. 배웅, 가는 사람을 일정한 곳까지 따라나가서 보내는 일. 어찌 보면 정반대의 의미를 가진 단어이지만 마중과 배웅이란 행위에는 큰 공통점이 있죠. '마중 = 배웅 = 마음의 티'

명절 때 동구 밖까지 손주들을 마중 나오시던 할머니처럼, 군대 가던 날에 말없이 기차역까지 배웅 나와 자꾸 헛기침을 하시던 아버지처럼 진심이 담긴 마중과 배웅은 티가 나기 마련입니다. 그래서 남편들은 출근할 때 설거지를 하다 말고 현관 밖까지 배웅 나오는 아내에게 사랑을 느끼고, 그래서 아내들은 유난히 퇴근이 늦었던 어느 날 밤 버스 정류장에 마중 나와 있던 남편의 모습을 두고두고 잊지 못한다고 하더군요.

요즘 당신은 당신의 가족을, 당신의 친구들을 어떻게 배웅하고, 또 어떻게 마중하고 계신가요? 우리 속담에 이런 말이 있습니다. '마중은 세 걸음, 배웅은 일곱 걸음' 어떤 일을 시작할 때와 끝낼 때, 어떤 사람을 만날 때와 헤어질 때 시작보다는 마지막을 더 살뜰히 챙기란 뜻이겠지요. 먼 길 떠나는 고향 친구를 배웅하는 마음으로 청춘의 뒤통수에 한마디 건네봅니다.

'잘 가. 조금만 더 천천히.'

거짓말도
보여요

엄마 뱃속에 있을 때도 아기는 세상의 소리를 듣는다고 하지요? 그래서 산모들에게는 말이든 음악이든 좋은 소리를 들어야 하는 게 태교의 기본이고요. 몇 년 전 미국에서 나온 연구 결과를 보면 뱃속의 태아가 듣는 건 엄마의 목소리만이 아니라고 합니다.
마음의 메시지, 즉 엄마가 마음으로 하는 소리도 계속해서 들으면서 자란다고 하네요. 게다가 그 메시지를 기반으로 출산 후의 삶을 준비한다는 겁니다. 그러니 태교의 기본은 '엄마가 아기에게 좋은 소리를 들려주는 것'이 아니라 '엄마가 좋은 생각과 좋은 기분을 갖는 것'이라고 해도 과언은 아니겠지요.

이런 걸 보면 우리는 사랑하는 사람의 마음을 읽을 수 있는 본능을 가지고 태어난 것 같습니다. 그래서 가까운 가족이나 죽마고우 앞에서는 흔히 말하는 포커페이스라는 게 안 되는 게 아닐까요? 좋은 일이든 안 좋은 일이든 너무 감추지 마세요. 어쩌면 누군가에겐 벌써 들켰을지도 모르니까.

가족

어른아이

한국콘텐츠진흥원이 내놓은 보고서를 보면, 국내 '키덜트 시장'의 규모가 지난 2016년을 기준으로 1조 원을 넘어섰다고 합니다. 아이를 뜻하는 '키드'와 어른을 뜻하는 '어덜트'의 합성어인 '키덜트Kidult'. 즉 '키덜트 시장'이란 어른들을 위한 장난감 시장을 뜻하는데, 다양한 캐릭터 인형들을 모으고 로봇을 조립하고 나노 블록을 맞추고 무인항공기를 날리는 어른아이들은 21세기 문화의 한 축이 된 지 오래입니다.

'키덜트 족'이 아니어도 우리도 가끔 아이였던 시절로 되돌아가고 싶을 때가 있지 않나요? 실수를 실패가 아닌 성장의 과정으로 봐주던 시절. 한 걸음을 걷기 위해 수천 번을 넘어져도 응원해주고 기다려주고 칭찬받았던 시절. 가끔은 그 시절이 눈물 나게 그립습니다.

소리 없는
아우성

　　　　　　 '맴 맴 맴 맴' 하고 짧게 끊어가며 우
는 건 참매미, '매~' 하고 긴 호흡으로 우는 건 말매미입니
다. 특히 말매미 울음소리는 끊어짐이 없는데다 높은 주파
수의 음을 내기 때문에 우리의 신경을 더 자극한다고 하지
요. 소리의 크기도 항공기 엔진 소음과 맞먹는 수준이고
요. 하지만 참매미나 말매미가 시끄럽긴 해도 해충은 아니
라고 합니다. 그래서 방제 작업도 하지 않고요.
이들 매미들보다 더 무서운 건 발음기가 없어 울지 못하
는 중국산 꽃매미와 갈색날개매미충을 비롯한 매미충들
입니다. 이런 소리 없는 매미들 때문에 여름이면 과수 농
가마다 비상이 걸립니다.

역시나 제일 무서운 건 소리가 없는 것 같습니다. 결혼하
란 소리를 입에 달고 사시던 어머니가 아무 소리도 안 하
실 때, 제발 술 좀 끊으라고 매일 잔소리하던 아내가 새벽
에 집에 들어갔는데도 아무 소리도 안할 때. 그 소리 없는
아우성이 제일 무서운 거거든요.

사랑은 받는 것이
아니라면서

　　　　　　그룹 해오라기의 노래죠, 아마? 요즘
말로 추억 돋는 노래 〈사랑은 받는 것이 아니라면서〉. 어
쩌면 우리는 사랑은 받는 것이 아니라는 걸 아예 알고 태
어나는 건지도 모르겠습니다.

캐나다에서 두 살 미만의 아기들에게 실험을 했는데, 아
기들에게 좋아하는 걸 몇 가지 주고는 몇 분 후 그중 하나
를 인형에게 건네주도록 했다는군요. 이어서 또 아기들에
게 좋아하는 걸 하나 더 주고 몇 분 후 또 그것도 인형에게
건네주도록 하고. 그런데 아기들이 더 기뻐하고 신나한 건
좋아하는 무언가를 받을 때가 아니었다고 합니다. 그보다
는 자신이 가지고 있던 걸 인형에게 줄 때였다고 합니다.

아기들한테 과자를 주면 한 입 예쁘게 베어 먹고는 '엄마
도 한 입, 아빠도 한 입.' 이럴 때가 있지 않나요? 그럴 때
'아니야, 엄마 아빠는 괜찮아. 너 다 먹어.' 하면 안 되겠어
요. 앞으로 사랑은 두 살짜리 어린아이처럼 해야겠습니다.

좋은
사회

좋은 사회란 어떤 사회일까요?

대문호 톨스토이가 말했습니다.
'좋은 사회란 위대한 진리가 실현되는 사회다.'

엄마가 말했습니다.
"그야……. 내 새끼 밥 안 굶고, 고생 안 하면 좋은 사회지."